# ユリ熊嵐 ㊤

幾原邦彦
伊神貴世
高橋慶

# ユリ熊嵐　上

ユリ熊嵐　上 …………………… 5

カバーイラスト　森島明子
ブックデザイン　内川たくや（ウチカワデザイン）

# プロローグ

あるとき、宇宙の彼方で、誰もその存在を知らなかった小惑星クマリアが、突如として大きな爆発を起こした。

音の無い星の海の中、赤く光った後、粉々に砕け散ったクマリアの屑《くず》は、流星群となって地球に降り注いだ。

人間たちは夢のように美しい流れ星を見上げ、クマリアの屑にいくつもの願いを託した。しかし、地面に落ちたその破片は、人間の思い通りには作用しなかった。世界中の熊が知能を持ち、立ち上がって人々を襲い、食べ始めたのだ。

熊を恐れ、忌み嫌った人間たちは、『断絶の壁』を作り上げて、熊を自分たちの世界から追い出し、隔離しようとした。でも、それはあくまで人間の考えた、人間のための、人間にのみ通用する方法に過ぎなかった。熊は壁などものともせず、人を食べることをやめなかった。それは、人間を憎んでいるからではない。ただ、熊がそういう生き物だからだ。

本当の『友だち』とはなんだろう。私たちとあなたたちの間に立ちはだかっている壁は、本当にこんなものだろうか。

実は最初から大嫌いだった。そしてまた、大好きでもあった。だから、本当の『友だち』になりたかった。なれると思った。

蜂蜜《はちみつ》にシナモン、温かなミルクにとろりと溶けたチョコレート、星屑に月明かり、レースにシフォン、柔らかなガーゼ。花々や木々の香り。ビーズやクリスタル。ダイヤモンド。大好きなお人形に、愛らしいぬいぐるみ。

私たちは、そういうもので作られた『友だち』。

そのちからで壁を越えたら、きっとわかる。吹き荒れる嵐の中、出会った意味が。

# 1

赤い六角形のまわりを濃紺のラインがぐるりと囲み、そのさらに外側を柔らかな桃色が走る、美しくもどこか不穏な表情を見せるその模様は、地べたからはるか上空まで伸びている『断絶の壁』のものだ。壁の向こうを見たことのあるものはほとんどいない。大人たちはともかく、少女たちには、その景色は遠い昔話、或いは伝説のようなものだ。

私立嵐《あらし》が丘《おか》学園の生徒たちは、通学路に沿って建っているその壁の脇《わき》を、白いキャスケットを被《かぶ》り、同じ色のミニスカートの裾《すそ》を翻して歩いて、ケーキの箱のように四角く美しい校舎に吸い込まれていく。

近代的な外観に反して、校舎の内部はほとんど黒く見えるほどこっくりとした焦げ茶色の木でできている。緩やかな曲線を描く梁《はり》やところどころに立っている存在感のある柱、廊下もそうだ。壁は深いワイン色で統一されており、すべてはどことなく、校舎の脇にある古いチャペルを連想させる。

校舎の真裏には、木々に囲まれた花壇がある。丁寧な植込みを背にして、レンガの低い壁に囲まれたこぢんまりとした花壇のそばには、白い石造りのベンチが置かれている。

椿輝紅羽《つばきくれは》はほかの生徒たちより少し早く登校し、人けのない教室に鞄を置いて、花壇の端に立って百合《ゆり》の花々を見渡し、感激のため息を漏らしていた。

紅羽は黒いストッキングに包まれた脚をゆっくりと曲げ、淡い色の長い髪が流れるままにかがんで、真っ白な百合の花に顔を近づけた。大きな花弁に指を添わせ、その香りを吸い込む。むせ返りそうなほど強いにおいだ。

「きれいに咲いたね、紅羽ちゃん」

聞き慣れた声に顔を上げ、振り向くと、どこか遠慮がちな笑みを浮かべた泉乃純花《いずみのすみか》が立っていた。

「純花、おはよう」紅羽は思わず微笑《ほほえ》む。

本人は気にしているくせっ毛の愛らしいボブヘア。優しげに下がった眉《まゆ》より上で切られた前髪。星のかたちの髪飾りをふたつ、留めている。丸い眼鏡《めがね》の奥のつぶらな瞳に、紅羽は校内のだれより美しく、頼もしく映る。

「おはよう。あのね、ここなら私と紅羽ちゃんが一緒にいても誰にも見られないから……」ほとんどひと息にそう言うと、純花はひっそりと笑った。

「気にすることないわ。私たちは、何も間違ってない」

紅羽はさっと立ち上がり、白いスカートを軽くはたいた。目を合わせると、純花は頬《ほお》を赤らめる。つられて、紅羽の頬も熱くなる。

「でも」

「私が純花と一緒にいたいの」紅羽は言った。「純花。私は絶対、『スキ』をあきらめないよ」

紅羽が真ん前まで来ると、純花は思わず顔を伏せてしまう。動くたびに、鼻孔に百合のあまい香りが入り込んでくる。

「純花」紅羽は返事を待ちながら、純花の小さくてマシュマロのように柔らかい手を取った。

純花も、紅羽のすんなりとした指の美しい大人びた手をやんわりと握り返す。

「紅羽ちゃん。私も。私も、『スキ』をあきらめない」

紅羽は、自分より少し背の低い純花の伏せられた睫毛《まつげ》を見つめ、花がほころぶように微笑んだ。その矢先だった。

すべてを引き裂かんばかりのけたたましいサイレンの音に、ふたりは思わず顔を上げた。

「熊よ！　熊が出たわ！」校舎の向こうから悲鳴が聞こえてくる。

「熊？」紅羽は眉根を寄せた。「熊が『断絶の壁』を越えたっていうの？」

「紅羽ちゃん」純花が不安そうに紅羽の手を強く握りなおした。

「大丈夫。純花は私が守るから」紅羽は純花の身体《からだ》を自分に引き寄せると、左手を彼女の背に回した。「大丈夫」

その朝は、町中のあらゆる液晶に『熊警報発令』の赤い文字が躍り、皆の恐怖心を煽《あお》った。教室に集った生徒たちは落ち着かず、教師たちは対応に追われた。

六角形の幾何学模様の壁の向こうから、恐ろしい熊が、人間の世界に侵入してくる。

「教室に入りましょう。ここにいたら危ないわ」耳元まで唇を寄せないと、話し声がサイレンに掻《か》き消されてしまう。

紅羽は純花の肩を支えるように抱いたまま、白いケーキの箱の中へ戻った。

晴れ渡った青空は、あまりに激しい警報に割れてしまいそうだった。


箱仲《はこなか》ユリーカはしかし、いつもと変わらぬ様子で、転校生ふたりを連れて生徒たちの前に姿を現した。結い上げた金髪、身体のラインに沿った美しい仕立てのスーツ。ヒールの高い、華奢《きゃしゃ》な靴。ジャケットの襟元《えりもと》には、ゆりかもめの姿を模したゴールドのラペルピン。

「静かに、席に就いて。みなさんと今日から一緒に学ぶ、新しいお友だちを紹介します」

教室中の視線が、教壇に立つユリーカの横に並ぶ、ふたりの少女に注がれる。ひとりは制服の帽子を目深《まぶか》にかぶり、口元の表情すらあまり変えず、細長い脚を揃《そろ》えて静かに立っている。もうひとりは、栗色《くりいろ》の長い巻き毛をツインテールに結っており、くるくると表情を変えながら、クラス中の少女たちをくまなくチェックしている。

「百合城銀子《ゆりしろぎんこ》さんと、百合ヶ咲《ゆりがさき》るるさんです。みなさん、色々と教えてあげてください」ユリーカは順番に、そのなまえを黒板に大きく書いた。

にわかに拍手が起きる。

百合城銀子と百合ヶ咲るるは熊である。今日、彼女たちは人間の少女に化けた姿で、この私立嵐が丘学園に転入してきた。人を食べるため。目的を果たすため。

「ふたりとも、ひとことずつ挨拶《あいさつ》を」

「百合城銀子です。よろしく」銀子は静かに、本当にひとことだけ言った。帽子を取らず、俯《うつむ》いたままだった。この中に目当てがいる。単なる緊張とは違っていた。良いとも悪いとも決められない、それでも必ず、何か起きる前触れに違いないとわかる興奮。慣れない白い制服のミニスカートから突き出た二本の人間の脚は、今、間違いなく銀子のものだ。

「百合ヶ咲るるでーす！　よろしくおねがいします！」一方、るるは満面の笑みで言った。若くて甘く柔らかな肉体を持った少女たちが、狭い教室にいっぱいいる。誰もかれも、おいしそうで仕方がない。色白の少女の甘い果実のような香り、ふくよかな少女の肉から滴《したた》る芳醇《ほうじゅん》な油。細身の少女のさっぱりとした味わい、真面目《まじめ》な少女の肉の繊維の繊細さ。不良少女のジャンクな肉も、たまに無性に味わいたくなる。

るるは丁寧にお辞儀をした。

教室中から再度、拍手が起こるが、皆、もうほとんどふたりに対する興味を失っていた。よほどの美少女か、あるいは逆か、そうでなくても何か強烈な衝撃のないことについては、彼女たちはそれがどんなに新しいことでもすぐに関心をなくしてしまう。問題は今後、ふたりがゲームに参加するか否か。それだけだ。

「どうもありがとう。空いている席に就いてください」

「はーい」るるだけが陽気に返事をする。ふたりは教室の後ろにふたつ空いていた席に並んで座った。

「みなさん、ご存知ですね」ユリーカはふたりの着席と同時に話題を変えた。「大変残念なことに、今朝、通学路に熊が出没しました」

少女たちがにわかにざわつく。

「お静かに。熊が『断絶の壁』を越えて人の世界に侵入するなんて、あってはならないことです。既《すで》に警報は解除されましたが、みなさん、くれぐれも気をつけて。校内を移動する際、特に校舎の外へ出るときは、必ずお友だちと一緒に行動してください。おかしなことがあったら、すぐに申し出ること。放課後もあまり遅くまで残らず、皆で速やかに下校するよう心がけてください」

友だち同士。るるはその言葉を胸の中で反芻《はんすう》し、皮肉な気持ちに同意を求めるように銀子を見た。銀子は、ある方向をじっと見つめていた。

「いた」銀子が、ごくごく小さな声でつぶやく。「ついに見つけたガウ。やっぱりあの娘《こ》はにおうよ、デリシャスメル」

視線の先には、清楚《せいそ》な長い髪をしながらも、燃えるような強い視線で窓の外、遠くを見つめている椿輝紅羽が座っていた。皆と違い、ひざ丈のタイトなスカートを穿《は》いている。

銀子は人知れず、じゅるりと舌なめずりをした。


のんびりとした午前中の授業を予定通りにこなしながら、紅羽はときどき純花と目を合わせたり、ぼんやりして過ごした。銀子は紅羽ばかり気にし、るるは、そんな銀子を見つめて過ごした。

昼休みになると、泉乃純花がまず、真っ先に教室を出た。背伸びをしていた椿輝紅羽は、きょろきょろと純花を探し、彼女が席を立ったことに気付くと後を追った。

純花はまだ、紅羽と一緒にいられるところを誰かに見られないほうがいいと、気を使っているのだ。

弁当の包みを持って廊下に出て歩き出した紅羽のあとを、さらに、銀子とるるが追いかけた。

紅羽は図書室へ行き、音楽室へ行き、美術室と理科室ものぞいたが、純花はいなかった。

「ガウウ〜、あの娘、お弁当食べないのかなぁ」るるは今にもなり出しそうな自分の腹をさすりながら、すぐ隣にいる銀子を見た。

銀子はくんくんと鼻を動かし、「デリシャスメル」とつぶやいて、理科室から去っていく紅羽のあとを追いかける。

「お昼休み終わっちゃうよ〜。銀子とるるだってお腹《なか》ペコりんなのに〜。ねえ、銀子」

銀子は無言で、素早く紅羽の背中に向けて走っていく。

「もう〜、銀子ったら〜」るるは頬を膨らまし、唇を突き出しつつも、銀子についていく。

紅羽は必死に純花を探し回った。たった一度の昼食くらい、別々に摂《と》ってもかまわないのかもしれない。それでも、今は純花と過ごす時間のすべてが貴重に思える。紅羽は、純花を一瞬たりとも、ひとりに、孤独な気持ちにしたくなかったのだ。

理科室を出てから、思いついて屋上に向かう。普段、あまり使われることのない屋上は、昼時、いつも鍵《かぎ》が開いているとは限らない。

重たく軋《きし》む木の細工の施された階段を駆け上がり、屋上へのドアノブに手をかけ、力を込めてみる。

「あ、開いてる」ドアを軋ませながら、そうっと開き、そのまま、白と黒との円形が重なり合った幾何学模様の屋上へ足を踏み出す。

校舎の内部と同じ、深いワイン色と焦げ茶色の屋上に立つと、白い制服で空に浮かんでいるみたいな気持ちになる。

かつて、ここで純花と一緒に昼食を食べたことがあった。冷たくて硬い地面にそれぞれハンカチを敷いて、弁当を広げて、笑い声を響かせて。ふたりで空に浮かんでいるようになるのは、幸福なことだ。

「ねえ、紅羽ちゃんは、お弁当のおかず、何が好き？」

紅羽の記憶の中では、純花は今よりずっと明るく笑っていた。

「おかず？」紅羽はうーんと首を傾《かし》げた。唐揚げも卵焼きも好きだ。タコのかたちに切られたウインナーも、おにぎりもサンドイッチも好きだし、サラダも煮物も良いと思う。鮭《さけ》の切り身やプチトマト、人参のグラッセにお漬物。醤油《しょうゆ》やソースを入れる、小さな魚のかたちの容器も好きだ。

「私はね、ちくわの磯辺揚げが好きなんだ。お弁当に入ってるときじゃないと食べないし。紅羽ちゃんは？」

「そうね。強《し》いて言うなら、ナポリタンと、塩辛かな」紅羽はにこりと笑って答えた。

「塩辛？　お弁当に？」純花はつぶらな瞳を丸くして聞き返した。

「入れない？」紅羽はきょとんとして見せた。

純花は清廉《せいれん》で美しい見た目の紅羽とはかけ離れた「塩辛」という響きに、思わず吹き出してしまった。そのくすくす笑いは、紅羽の耳に鈴のように響く。

「え？　何？」塩辛はおいしい。白いご飯との相性は抜群のはずだ。

「だって」純花はころころと笑い続けながらなんとか続きを口にした。「紅羽ちゃん、おじさんみたい」

「オジサンッ？」紅羽は心外とばかりに「ええーっ」と声を上げたが、「そりゃ、ちょっとお弁当の蓋《ふた》を開けたとき、におうかもしれない、というか、臭いんだけど、おいしいんだもの」

「でも好き」純花は一通り笑い終えると、ちらりと紅羽を見て言った。

「え？」

「おじさんぽくても、私は紅羽ちゃんのことが好き。大好きだよ」今度は照れくさそうにふふふと笑う純花に、紅羽も照れ笑いをした。

「純花、ありがとう。私も純花のことが好き」

陽《ひ》の照った屋上へ出ると、目の前がちかちかした。

「純花！」

純花は屋上に、ひとりでぼんやりと立っていた。どこを見るでもないその瞳は、紅羽の存在に気が付かない。

不安に駆られて駆け寄った紅羽に気付くと、純花は「紅羽ちゃん」ときょとんとして見せた。フェンス際に立つ純花は、かじりかけのパンを手にしていた。

それを見て安堵《あんど》の息をついた紅羽に、純花は「どうしたの？」と微笑みかけた。

「えっと」屋上にいる純花が、いなくなってしまいそうに見えた。だから、恐ろしくなって走った。

不意に、腹が大きな音で鳴った。

「紅羽ちゃん、お弁当食べてないの？」

「う、うん、でも、今の私じゃない、と思うんだけど」空腹は空腹だったけれど、腹が鳴った実感が全然ない。

「はい」純花は不可思議そうに腹をさする紅羽に、ちぎったパンを差し出した。「一緒に食べよう」

紅羽は純花が思いもよらず明るく笑っていることにうれしくなった。以前にここで弁当を広げたときと、まるで何も変わらないみたいだ。

「このパン、ちくわが入ってるわ」

空が大きく見える屋上に、ふたりならんでぽつんと座って、半分にしたパンを食べる。

「うん。磯辺揚げじゃないけどね」

「ちくわの磯辺揚げね」紅羽はふふふ、と笑った。ちくわの磯辺揚げに、塩辛。

「紅羽ちゃん、どうかした？」

「ううん。純花、明日から毎日、ここで一緒に食べましょう」

「でも、それは」

「私が純花と食べたいの」紅羽は遮るように言った。

純花は、自分の横に座った美しい少女は自分には不似合いだと思うことがときどきあった。純花は自分の気持ちに自信があった。紅羽を好きでいる自分は何も間違ってはいないという自信が。しかし、果たして紅羽が自分に向けてくれる愛情に見合っているかどうかは、いつも顧みて、姿勢を正さなければならなかった。

例えば紅羽を救いたいと思っても、純花に考えられる方法はごくごく限られたものだろう。紅羽のように、隣に座ること、一緒に昼を食べることだけで、純花をたちまち笑顔にするような力が、純花にもあるのだろうか。

「やっぱりおいしいね。ふたりで食べると」純花はしみじみと言った。

「そうね」紅羽はそうっと、純花に身体を近づけた。純花はにおいも、マシュマロのようにうすあまい。

純花もまた、紅羽の長い髪が肩から滑り落ちるのを見ながら、ただ、この関係においては、似合いだとか不似合いだとか、そんなことはどうだっていいのかもしれない、忘れてしまうべきかもしれないとよくわかっていた。

純花は紅羽が誰かと比べて美しいから一緒にいるのではないし、紅羽もきっと、純花を唯一無二の相手として好きでいてくれている。つまらない比較や駆け引きを超えた気持ちが、ふたりのあいだにはあるのかもしれない。それは輝く希望だ。

明日は、ふたりの好物ばかりの入った弁当を持って来よう。

銀子たちはひっそりとふたりの様子を窺《うかが》っていた。銀子の腹はまたも盛大に鳴った。

「デリシャスメル……。あの娘が食べたい。ガウ……」静かに言いながら腹部をおさえる。さっきは腹の音で、隠れていることが紅羽にわかってしまうところだった。

「もお、銀子ったら食い意地張りの助なんだから〜」銀子の横にいたるるは、身をくねらせながら銀子にぴたりと寄り添った。「もしなんだったらぁ、今ここで、るるのあんなところやこんなところ……思う存分、ガブッとしちゃっても良いんだぞ！　るる、銀子になら、何をされてもいいの……キャーッ！　るる大胆！」

銀子はそれを一応、聞きながらも、目では紅羽の隣に座っている純花を追っていた。優しげな眼差《まなざ》しと、ふわふわとした髪。

「ねー、るるたちも休まない？　なんでもいいから食べたいよう、ガウウ」

「まだ」

「ええ〜」るるは頬を思い切り膨らませた。

屋内に戻ってくる椿輝紅羽と「すみか」と呼ばれていた少女に見つからないように、階段の影に隠れる。

「まだ追いかけるの〜？」るるはふたつに結った髪の毛先を指で弄《もてあそ》びながら、駆け出した銀子のあとを跳ねるように追った。

放課後、紅羽と純花は朝に比べれば堂々と、一緒に校舎裏の花壇にやってきた。朝日を浴びて輝いていた一面の白い百合を、ふたり並んでもう一度、見たいと思ったのだ。

しかし、花壇は朝とはまるで違ってしまっていた。

百合の花々はすべて手折られ、根ごとひっくり返すように土を掘り返し、その上を踏み、荒らしてあった。均《なら》した土を囲っていた赤いレンガも、花壇の四角いかたちを保っておらず、あたりに転がり、土が四方に零《こぼ》れ、流れてしまっている。

「嵐が、追いかけてきたんだ」紅羽はひっそりと言った。

紅羽の隣に立っていた純花は、悲しみよりも恐怖に身を縮め、じっと花壇のありさまを見つめた。

「これがまず、最初。大切なものから巻き込んで、壊すっていう警告。そのうち『透明な嵐』はすべてを壊していくんだわ。私たちが擦り減って、消えてしまうまで」

険しい表情でそう言った紅羽の横で、純花は何も言わず、よろよろと花壇に足を踏み入れた。それから、あるところでしゃがみこむと、百合の花を植え直し、周囲の土を懸命に均し始めた。

百合の花はくったりとしたまま、純花の両手はみるみるうちに泥にまみれていく。

「そんなことしても無駄よ。またすぐに壊される」紅羽は悔しさに拳《こぶし》を握りしめた。

純花は手を止めず、紅羽のほうも見ずに言った。

「紅羽ちゃん。私も『スキ』をあきらめないよ」純花は土にまみれた百合の花を見て決意を新たにした。純花たちがどうして奪われなければならないのか、まったくわからなかったし、純花自身はともかく、紅羽まで壊されると思ったら我慢ができなかった。「紅羽ちゃんが私にしてくれたみたいに、たとえ何をされても、私は紅羽ちゃんを、『スキ』をあきらめない」

だから、何度でも花壇をなおすのだ。

紅羽は顔を赤くして、泣きそうに歪《ゆが》めたが、見られないように下を向いた。それから、顔を上げると、純花の隣へ行き、座り込み、同じように花壇をなおし始めた。

紅羽の両手も、みるみるうちに汚れていく。

冷たい土の中、ときおり、ふたりの手が触れ合う。紅羽は不意に、触れた純花の手を握った。

小さくて、マシュマロのようで、強く摑むと、口の中でそうであるように、しゅわっと消えてしまいそうなその手。

「あきらめない。私の『スキ』は、純花は、私が守るから」

しかし、一生懸命に手を動かしても、花壇は簡単に修復できるものかわからなかった。大きな花びらにつけられた靴底のあと。その香りも、土のにおいに混ざって濁ってしまっている。

「やっぱり……。椿輝さん、あなたまで『透明な嵐』に巻き込まれてしまったのね」

紅羽と純花はハッとして振り返り、急いで立ち上がった。両手も、白いスカートも土で汚れたまま、純花は俯き、紅羽は真《ま》っ直《す》ぐに闖入《ちんにゅう》者を見返した。

ぱつんと切りそろえた前髪と、ポンポンのついたヘアゴムでツーサイドアップにした髪。制服の左袖《ひだりそで》に大仰なクラス委員長の腕章をつけた彼女は、百合園蜜子《ゆりぞのみつこ》だった。

「ひどいことするわね。盛りの花に罪はないのに」彼女は荒れた花壇に歩み寄ると、踏みつけられた白い花弁を見下ろし、顔をしかめた。

「『透明な嵐』は、きれいで優しいものから壊していくの」紅羽は若干の警戒心を持って答えた。百合園蜜子はクラス委員ではあるが、紅羽や純花を助けてくれるとは限らない。

「そうね。でも、これで決心がついたわ。こんなこと、許しておいてはいけない」蜜子は背筋を伸ばすと、ふたりを見て言った。「椿輝さん、泉乃さん。私たちで、嵐を止めましょう。嵐に立ち向かうのよ」

紅羽も純花も戸惑った。教室の中での彼女は確かに委員長らしくクラスのある面を取り仕切っているけれど、それだけだったはずだ。

「私も、見て見ぬふりなんて、クラス委員長として恥ずべき最低の行いだったわ」蜜子はふたりへ歩み寄ると、包むように純花の両手を持った。「ごめんなさい、泉乃さん。私のこと許してくれる？」

「そんな、許すなんて」純花は俯いたまま、遠慮がちに言った。見て見ぬふりは罪だけれど、純花は自分がそれを裁く立場にあるとは思えなかった。それに、紅羽がいてくれた。それだけで、じゅうぶんだった。

「そう簡単じゃないわよね……。でも、私、あなたたちと良い友だちになれるんじゃないかって思うの。三人で力を合わせれば、きっと『透明な嵐』を止められる。手伝わせてくれるだけでもいい。私にできることをさせてほしいの」

「百合園さん」純花はひんやりと自分の小さな両手を包んでくれている蜜子の手を見下ろした。百合園蜜子の手は、純花の手についた土ですっかり汚れてしまっていた。

「お揃いね」蜜子はくすりと笑って、両手のひらを紅羽と純花に広げて見せた。「これで、私も仲間。お友だちよ」

紅羽と純花は、クラス内に仲間ができたらしいことに安堵し、ふっと笑い合った。

「でも、今日はもう帰ったほうがいいわね。熊警報も出たあとだし、だいぶ暗くなってきたもの」蜜子は夕暮れの橙《だいだい》に濃紺の混ざりかけた空を見上げた。「花壇は明日の朝、早く来て改めてなおしましょう。もちろん、私も手伝うわ」

「ありがとう、百合園さん」純花は素直に両手の土を払いながら言った。

「椿輝さんも、それでいいかしら？　私、軍手持ってくるわ」

「ええ」紅羽は純花より少しだけ戸惑いを残しながらも、微笑んで見せた。

「じゃあ、急いで帰りましょう」蜜子は前髪を揺らし、にこりと笑った。どこか鋭い雰囲気の顔立ちだけれど、笑えば多少、柔和な印象になる。

各々《おのおの》、手や制服についた泥を気にしながら、花壇から出ようと歩き出そうとした瞬間だった。

空からレンガが落ちてきて、花壇の、それも、紅羽と純花と蜜子のちょうど真ん中に落下した。赤茶色のレンガが大きな音を立てる。

「誰っ？」蜜子が慌てて空を、正確には屋上を見たが、そこには誰もいなかった。

レンガは当たり前のように、冷たく、その場にずっしりと沈むようだった。

銀子とるるは、熊の姿で屋上のフェンスの上に危なげなく立ち、生ぬるい風をその毛並みに受けていた。

「におう。におうよ、デリシャスメル……」

「それにしても、るる、お腹ペコりんだよ～」夕陽に照らしだされた銀子の横に、同じく熊姿で立っていたるるは、屋上に転がりながら空腹を訴えた。

やがて、夕闇を吸い込んだ銀子の目が真っ赤に光り出す。その歯ぎしりを聞き、るるも瞳を赤く光らせる。

ゴリゴリと大きなその音は、どんな人間にも出せない、鋭い熊の歯だけが奏でられる野生の音だ。

「行こう、銀子」るるはひょいとフェンスを下りると、屋上から出て、節をつけて歌いながら、螺旋《らせん》階段を跳ねるように下っていく。「ターベテウレシイ、ユリいちもんめ。あの娘が食べたい、あの娘じゃわからん、この娘が食べたい、この娘じゃわからん。裁きを受けよう、そうしよう！」

銀子はそのあとを、小気味良い音を立てながらついていく。

暗い廊下を跳ねていくるるの後ろを、銀子は足音ひとつ立てずに進む。

夕暮れの学校の窓ガラスに二匹の横顔が写る。瞳が真っ赤に光り、宙に浮いているように見える。これが、銀子たちの本来の姿なのだ。

銀子の歯ぎしりの音が大きくなっていく。その響きは特に人にとって不穏に、学園の廊下に鳴り渡った。

それから嵐が丘学園から二匹の熊の咆哮《ほうこう》が聞こえたが、熊警報に緊張して疲れ切った町の人々の中に、それをはっきりと耳にしたものはいなかった。


夜が深くなると、紅羽の家は嘘《うそ》のように静まり返る。二階建ての一軒家に、今は紅羽がひとりで暮らしているからだ。

あれから、紅羽たちはろくに手も洗わず、花壇の近くに置いたバッグを持つなり、三人で引っ付き合うようにして急いで家に帰った。

紅羽は帰宅するとまず風呂に入り、温かいものを飲み、少し落ち着いてから軽い食事を摂って、やっと胸をなでおろした。

柔らかなネグリジェに身を包み、二階の自室のベッドに転がって、紅羽は少し忙しすぎた今日のことを振りかえる。枕元には大切にしているオルゴールが置いてあり、瞬《また》くような繊細な音で『アヴェ・マリア』を奏でている。開かれたその蓋の裏には、紅羽の母、紅羽によく似た美しい母、澪愛《れいあ》と幼い紅羽が映った写真が貼り付けてある。

「紅羽、今日もお友だちと仲良くできた？」かつて本当に紅羽の耳を震わせていたその声が、今でも、目を閉じた紅羽の耳に届く。

「うん。お母さん、今日はね、一緒におやつを食べたよ」幼いころ、確かにこう答えたことがある。今ならば、お昼ご飯を、と答えるだろう。

「そう。おいしかった？」笑みが見えてきそうな、澪愛の声。

「うん、あの娘と食べるとすっごくおいしいの」紅羽は昔と同じように、今は、頭の中で返事をする。

「紅羽はあの娘のことが大スキなのね」澪愛はそう言うと微笑んだ。

「うん、大スキ」

オルゴールの蓋の裏、写真の中のふたりは満面の笑みだ。

紅羽はゆっくりと目を開き、深い飴色《あめいろ》をした天井の木目を見つめる。

「そう。だから、今度こそ私は、大切な人をこの手で守る」

紅羽は疲れて重たい身体を今一度、起こし、部屋を出た。

当初は身体が吹き飛ばされそうだと思っていた射撃による銃声と衝撃にもだいぶ慣れた。

それ用のサングラスにイヤーマフ。改めて制服を着た紅羽は、自宅地下の射撃場で、日課の練習をしていた。

的は熊のかたちをしており、紅羽の弾《たま》はことごとく、その頭と胸のあたりに集中して当たっている。

大切な人を、この手で守る。そのためなら、火薬の臭いにせっかくの百合の花の香りが掻き消されてしまっても我慢ができる。

「私は熊を許さない。私は熊を破壊する！」

新しい的がせりあがってくると、紅羽は再び、その脳天と心臓を、容赦なく撃ち抜いていった。


翌朝、学園の大きな門はいつも通り開かれていたが、ぐにゃりと歪み、鍵穴部分は壊されていた。校舎の窓も数枚が割られており、その周囲には立ち入り禁止のテープが張り巡らされている。そして、何よりの異変は、昨日よりさらに警戒を強めるように発令された熊警報だった。

「ええ、約束していたんです。今朝、早く来て花壇をなおそうって」サイレンの響く中、百合園蜜子は女性警官にそう話し、うなだれた。

百合花壇は、なおすどころではなくなってしまっていた。土の上につけられた熊の足跡。それから、そのすぐそばに転がった、誰かの革靴の片一方。

黄色いテープ越しにそれを見ながら、紅羽は呆然《ぼうぜん》と立っていた。しかし、不意に電話を取り出すと、今朝はまだ顔を見ていない純花に電話をかける。

延々と続く呼び出し音のあと、ぷつんと切り替わる音に期待をかけるが、喋《しゃべ》り出したのは留守番電話サービスのアナウンスだ。

紅羽は眉根を寄せ、唇を噛《か》んだ。あの、片方だけの焦げ茶色の革靴は、ほかの生徒のものかもしれないし、純花のものかもしれない。少なくとも紅羽の記憶の中では、純花はああいう靴を履いていた。


紅羽が教室に入っていくと、すぐに噂《うわさ》好きのクラスメイトの無神経極まりないヒソヒソ話が耳に入ってくる。そうでなくても皆、ちらちらと純花の席を見やっては、きょろりと目を逸《そ》らしている。

「靴が落ちてたんだって」

「ってことは、やっぱりあの娘?」

「朝早く来て、例の花壇、なおそうとしてたらしいよ」

「嘘、じゃあそれって私たちの……」

「ひとりでそんなところにいたのが悪いのよ」

自分の席まであと数歩というところで、紅羽は思わず足を止めてしまう。

「そうだよ、こんな世界だもん。生き延びるには友だちが必要でしょ」どこか、純花には友だちがいなかったのだろうとでも言いたげな調子。

「ん、だよね。そうだよね」軽々しく納得してしまう無責任な娘。

「純花」紅羽は彼女の机を見やり、つぶやいた。ほとんど声のない声で。しかし。自分が今、どんなにか恐ろしい、或《ある》いは悲しい顔をしているか、想像もつかない気持ちだった。

一瞬、クラスの皆が紅羽を意識し、さらに声を潜める。

紅羽はそんな少女たちには目もくれず、自らの席に就き、窓の外を眺めた。

「透明にならないからいけないのよ」

再び活発になった噂話は、まるで紅羽や純花を馬鹿《ばか》にしているようだった。

透明になる。それの意味するところは、どういうことだろう。紅羽が純花を『スキ』と示さず、純花が紅羽の『スキ』をあきらめる。百合の花を愛《め》でず、好きな場所で大事な人と昼食を摂らず、何も約束せず、気持ちを伝えない。そういうことを言うのだろうか。では、友だちとはどういうものなのだろう。透明になることと友だちになることは、紅羽の中では常に矛盾している。

「そうそう。熊にとって、私たちはかよわい捕食者だもん。常に群れていなくちゃ」

「そうよ、群れの空気が一番大事なんだから」

「嘘よ」紅羽はすっと立ち上がった。

意地悪なお喋りに夢中だった皆が、紅羽の低い声にハッとする。

「嘘よ。純花が……純花が食べられたはずないっ！」握りしめた両手を机に押し付ける。喉《のど》の奥が熱く渇いて、潰《つぶ》れそうなほどびりびりと鳴り、自分でも聞いたことのないような声が出る。

教室が静まり返り、冷たい緊張感で満たされたが、紅羽は怖いけれどまったく怖くないという奇妙な感覚を持った。まだ、お喋りが足りないのならすれば良いが、紅羽はいくらでも、何度でも癇癪《かんしゃく》を起こせる気がしたし、同時にもう、耳栓《みみせん》をしているみたいにすべてを聞かずにもいられる気がした。

ふと、ポケットの中で振動した携帯電話で紅羽は我に返り、慌ててそれを取った。

「もしもし、純花？　どこにいるの？　大丈夫？　純花、純花っ！」話しながら、紅羽はクラス中から向けられる奇異の目を逃れるように廊下に走り出た。

「純花、私心配で……」

「あなたの『スキ』は本物？」唐突に尋《たず》ねたその声は、純花の甘く脆《もろ》いものとはまるで違っていた。それどころか、紅羽の知っている誰の声とも違う。

「え？」

「これは『断絶の壁』からの挑戦です。椿輝紅羽。あなたの『スキ』が本物ならば、屋上へ行くがいい。熊が、あなたを待っている」

「どういうこと？　純花は無事なの？」

「その身を熊に委《ゆだ》ねれば、あなたの『スキ』は承認される」言い終えると、電話は唐突に切られた。

紅羽は慌てて液晶を見たが、相手の番号は表示されていなかった。

「純花！」紅羽は教室のそば、廊下に並んでいるロッカーを開いた。それから、一番奥に立てかけてある黒い布製のガンケースのジッパーを引くと、猟銃を取り出した。ずっしりと重たい銃を肩にかけ、紅羽は屋上へと走り出した。


ずっと、耳にまとわりつくように、何かがぶつかり合うようなゴリゴリという音が聞こえてくる。だんだんと大きくなって紅羽の耳の奥にまでまとわりつくそれが、もしかしたら熊の歯ぎしりかもしれないと思い至った紅羽は、グッと左手を拳に握って、右手で屋上へ続くドアを開けた。

「純花。純花！」怒りに震える紅羽は、すぐに背中の銃を構え、そろそろと屋上へ出て行く。

陽の光に目を細め、慎重にあたりを見回す。

自身が唾《つば》を飲み込む音や、焦りと緊張で息が荒くなっていることばかりが体内に響いて、射撃の練習をしているときのようにうまく集中できない。噛みしめていた奥歯が、かすかに震えているのがわかると、怖くて身動きが取れなくなりそうだ。

小さな落下音に慌てて振り返ると、そこには小さな熊が二匹、じっと紅羽を見つめていた。その足元には、熊のどちらかが口にくわえていたであろう、フレームの歪んでしまった純花の丸い眼鏡が転がっていた。

「純花を、返して……」血の気が引いていく。数メートル先、見ようによってはぬいぐるみのようでかわいらしい小ぶりな二匹の毛むくじゃらの生き物が、人を襲うというのか。

熊の片方、黒っぽいほうが、おもむろに紅羽に向かって歩いてきた。足音はないが、むき出しの爪《つめ》がアスファルトにぶつかってかちゃかちゃと鳴っている。

紅羽は銃を構え直したが、うまく狙《ねら》いが定まらない。

熊は落雷のような鳴き声で紅羽を威嚇する。

怯《ひる》んだ紅羽は、思わず一歩、後ずさった。しかし、紅羽の思ったところに屋上の地面は続いていなかった。地面のない場合、頭の中ではフェンスに背中がぶつかるはずだったが、それもない。

驚いて息を詰めた紅羽は、そのまま、背中から落下した。

「きゃあああ――――っ！」だんだんと頭が下になり、ばたつかせている手足のあいだから、長い階段が見えてくる。その真ん中を、紅羽は真《ま》っ暗闇《くらやみ》に向かって、まっさかさまに落ちていく。

手にしていた猟銃を手放してしまったみたいだ。白いキャスケットも脱げてどこかへいってしまい、長い髪が顔にかかる。ときどき底から吹き上げてくる強い風で体勢がぐるりと変わってしまう。

やがて、紅羽の意識が薄れていくころには、彼女の衣服はすっかり脱げて、空高く、落ちていってしまう。


どこからか、風に乗って、その悲鳴が聞こえた気がした。

「裁きの時がきた。ガウガウ」銀子は歯ぎしりをやめて叫んだ。「食べたい！　今すぐ、あの娘が食べた――――い！」

それに応《こた》えるように開廷が叫ばれ、『断絶のコート』への扉が開く。

宙に浮いた四つの机と椅子《いす》はどれもこっくりとした色の木製でどっしりと大きく、それぞれが裁判長、被告人、検察官、弁護人のものだ。天井も床もない、風もにおいもないコートで、木の色は淡く煌《きら》めく空間に反射して木漏れ日の差す森の中にいるみたいに、席に就くものの気持ちを落ち着かせる。

銀子とるるが熊の姿で被告人席に揃うと、ジャッジメンズがその姿を現す。

「ようこそ、『断絶のコート』へ。さあ、扉は開かれました。生きとし生けるものすべて。そう、人と熊の彼岸もここにあります。今こそ裁きましょう、人と熊のために」熊の耳と手足、尻尾《しっぽ》をつけ、人の顔や髪、胴体を持ったその人物は、机の上に座ると長い脚を組み替え、緩くうねる桃色の髪を掻き上げた。熊の左耳についたゴールドのピアスがふたつ、きらりと光る。

「私は裁判長、ライフ・セクシー」低く余韻を持った声とともに、ライフ・セクシーの結わいた髪がほどけ、いつの間にか白いシャツの襟元が開き、胸元があらわになる。真っ赤なセクシーの流し目が、銀子とるるを順番に見る。

「私は検察官、ライフ・クール」気が付くと立っていた、スクエアな眼鏡に、一切乱れのない見事なおかっぱ頭のライフ・クールも、やはり耳や手足、尻尾は熊で、顔と胴体が人だった。大きな熊の手で器用に眼鏡を上げながら、水色の髪を揺らし、銀子とるるをじっと見る。

「僕は弁護人、ライフ・ビューティー。キラキラァ」手品のようにぽんと現れた三人目は、無造作な髪に丸い大きな瞳を輝かせ、人懐っこそうな明るい笑顔を浮かべていた。セクシーやクールと同じ、熊の耳と手足、尻尾。人の顔に身体。

三人とも、スーツに白いシャツ。胸元はそれぞれ、赤いピンに黒のチーフ。サックスブルーのネクタイ。薔薇《ばら》をかたどったピンに浅い緑色のスカーフを合わせている。

最後にビューティーが丸っこい両手を合わせると、中から小さな薔薇の花束が飛び出し、その桃色の花びらがパッと散って、三人を飾るようにくるくると舞った。

「それでは、これより『ユリ裁判』を始めます。被告グマ、百合城銀子、百合ヶ咲るる。あなた方は、自分たちが世界の理《ことわり》を侵す存在であることを、罪グマであることを認めますか？」

「ガウウ、でも〜、私たち、お腹がペコりんなんですぅ」るるはうなだれて見せた。

「私たちは『スキ』をあきらめない。ガウ……」銀子はずっと、三人を見つめている。

「裁判長！」ライフ・クールはまるで学級委員長のように素早く手を挙げた。「人と熊のあいだには『断絶』という越えられない壁があるのです。ですが、被告らはそれを越え、人の世界に侵入しています。これは明らかに食べ過ぎであり、有罪、ギルティーです！」

るるは不満げに顔をしかめ、毛むくじゃらの頬を膨らませた。

ライフ・セクシーがうーんと考え込むのを見て、クールは満足げに微笑んだ。

「フン、見事な論調。何てクール」眼鏡をぐいと上げる。

「ひっどいなあ〜。裁判長、検察官クールがどSであることは明白です」ライフ・ビューティーは先ほどの花束の中の薔薇を一輪、手に持ち、椅子の背にもたれてくんくんとそのにおいを嗅《か》いでいる。

「ビューティー。それは異議の申し立てですか?」セクシーがビューティーを流し目で見る。

「うーん、ていうか、事実? みたいな?」ビューティーは薔薇を放り投げ、立ち上がった。

「だってさあ、熊だって食べなきゃ死んじゃうじゃん。キラキラァ……。検察官クール。きみ、彼女たちに飢え死にしろっていうの?」

クールは「しかし!」と再び挙手した。

「どうぞ」セクシーは呆れた調子で促した。

「被告らの訴えを容認すれば、人側に更なる犠牲者が出ることになる。よって……!」

「異議あり!」ビューティーは遮って言った。「クールは人に過度に肩入れしていまーす」

「異議を認めます」ライフ・セクシーはクールに目配せをした。「私たちは人と熊の狭間《はざま》にあるもの。ふたつの世界を平等にはかる天秤《てんびん》でなくてはなりません。それがセクシー、シャバダドゥ」

ライフ・クールは不満げにふんと鼻を鳴らした。それを見て、ビューティーはにやりと笑う。

「じゃあじゃあ~、るるたち、あの娘を食べちゃっていい……ですよねっ!」るるはぴょんぴょんと跳ねた。

「裁判長。ラブ・ジャッジメント、お願いしまーす」ビューティーが気楽そうに呼びかけた。

「良いでしょう。それでは、被告グマに問います。あなたは、透明になりますか？　それとも、人間、食べますか？」セクシーは目を細め、銀子とるるに尋ねた。

「人間」銀子は迷いなく答える。

「食べまーす！」るるも続ける。

「それでは、判決を言い渡します」セクシーは木槌《きづち》を大きく一度、打つ。「ユリ、承認！」

「ユリぃ――――しょおおおにいいいいいいん！」銀子とるるが叫ぶと、『断絶のコート』はジャッジメンズごと、舞台装置のように机や椅子を引っ込めていく。にわかに現れた床に反射する光に誘われるように、ふたりは再び、被告人席から飛び上がる。

「私は『スキ』をあきらめない。私はあの娘を食べる！」

熊の姿のまま、転がるように落ちた銀子とるるは、光の中、ジャッジメンズと同じ、半分が熊、半分が人の姿に変わる。素肌に次々に下着が装着されると、続いて白い襟と袖のない小さなジャケット、たっぷりとチュールのついたスカートが身体に張り付くように身に着けられる。スカートの後ろには、丸い熊の尻尾がちょこんと出ている。

銀子はこぶりな王冠にネクタイ。るるは、フリルのついたカチューシャに大きなリボンをつけたら、準備万端だ。

光を抜けて降り立った地面は『断絶の壁』と同じ、淡い桃色の六角形のまわりを濃紺のラインがぐるりと囲み、そのさらに外側を鮮やかな赤が走っている。その床が続く長い廊下の先に『スキ』がある。

ふたりは顔を見合わせて、飛び跳ねるように奥へと進む。

その香りを頼りに、銀子もるるも鼻をひくつかせ、よりいっそう奥へと急ぐ。すると、赤い椿《つばき》の花びらがふわりふわりと廊下まで舞い散り始める。

ふたりは地面に足をつけ、蜜《みつ》の味を思い返しながら最奥へと進む。幾重にも重なり、真っ赤な花びらで部屋中をみっしりと覆《おお》い尽くした中に、落下してきたまま気を失った椿輝紅羽が裸で横たわっている。

椿の花の祭壇の上、紅羽の白い肌はいっそう白く映え、閉じられた瞼《まぶた》の端に光る涙の雫《しずく》は、ぽたりと落ちて、花びらの色を濃くする。

「紅羽。私はあなたを食べる」銀子はそう宣言して、仰向《あおむ》けになって瞼を閉じた椿輝紅羽の頬をぺろりと舐《な》める。るるも、銀子に続いて彼女の膝頭を舐める。ふたりは止めどなく彼女を舐め、くちづけし、甘噛みする。すると、その素肌全体を覆っていた薄く白い膜のようなものが割れて、ぽろぽろと椿の絨毯《じゅうたん》に落ち始める。

「私の望むもの。透明な嵐の中、私は探す」椿輝紅羽は目を覚まさないまま、口を開く。

膜の下から表れた椿輝紅羽の胸元がそうっと割れると、中から百合の花の芽が現れ、伸びながら膨らみ、一気にその白い花を咲かせる。花芯から紅羽の蜜が溢《あふ》れ、滴り落ちると、あたりは甘い香りに包まれた。

「デリシャスメル……」

銀子とるるはその香りに夢中になって、一心にその蜜を舐めとり始める。

「何を探すの？」「どこを探すの？」ふたりが尋ねても、紅羽は答えられない。

紅羽はふたりの舌の感触に身をよじり、思わず声を上げた。

「約束のキスを私に！」


目の覚めた紅羽は、あまり見覚えのない天井と、パリパリの白いシーツに戸惑った。どこまでが現実で、どこからが夢だったのだろう。全身に得も言われぬ心地よさが残っているのはなぜだろう。

「よかった、気が付いたのね」紅羽が眠るベッドの枕元で、百合園蜜子は姿勢よく椅子に腰かけ、紅羽に微笑みかけていた。

「百合園さん……。純花は？　純花はどこ？」紅羽は慌てて身体を起こした。ここは保健室だ。紅羽と蜜子以外には、今は誰もいないようである。

「まだ、見つかっていないわ」蜜子は少し下を向き、悲しそうに言った。

「嘘、だって屋上に熊がいたのよ。純花を……」電話がかかってきて、屋上へ行けと言われたのだ。『スキ』が承認されると。それとも、紅羽の『スキ』は、本物ではなかったというのか。

「落ち着いて、椿輝さん。あなたは屋上で倒れていたけど、ひとりだったわ」蜜子は中腰になり、興奮する紅羽をなだめるように両肩に手を置いた。

「ひとり？　そんな……」

「何か温かい飲み物を買ってくるわ。まだベッドから出ないで、横になって」蜜子は耳元で優しく言うと、紅羽を寝かせ、保健室を出て行った。

あの電話も、二匹の熊のことも夢だったのだろうか。それではなぜ、屋上で倒れていたのだろう。あの恐ろしい熊の吠え声も、手ににじわりと掻いた汗も、生々しい緊張も。

すっかり日の暮れた窓辺に目をやると、脇に紅羽の猟銃が立てかけてあった。

紅羽は確かに、あれを構えたはずなのだ。

「純花、お願い。無事でいて」

空には少し、暗い雲が出て、わずかに瞬き始めた星を隠してしまっていた。

蜜子は紅羽に買った紅茶の缶を手に、校舎のちょうど真ん中、裏庭に面した渡り廊下を静かに歩いていた。だいぶ陽が落ちて、曇《くも》っている。

人けのなかったせいか、蜜子はすぐに、その不穏な音に気が付いた。庭の、花壇のほうから聞こえてくる、バリバリ、ゴリゴリと大きな、地響きのような音。

「なんの音かしら。まさか、花壇にだれか……」蜜子は自然と花壇へ足を向けていた。熊警報はいまだ、解かれていない。花壇はまだ立ち入り禁止のはずだけれど、野次馬根性で中に入っている生徒がいるのかもしれない。

花壇に入る前に、蜜子は足を止めた。向こうから長く伸びている黒いふたつの影が、人のものには見えなかったからだ。影はバリバリと音を立てながら蠢《うごめ》いている。

蜜子は紅茶の缶を取り落としたが、幸い、地面は豊かな芝で、それほど音は立たなかった。息を潜め、木陰から恐る恐る花壇を覗く。

そこには、黒い雲の隙間から差し込んだ真っ赤な夕陽を受け、二匹の熊が、人を食べていた。熊の足元にちらりと見える肌色。たぶん、手の指だ。

蜜子は慌てて身を隠し、しゃがみこんだ。

「熊が、人を食べてる……！　あれは転校生の……そう。あのふたり、人の姿に化けた熊だったのね！」

また、すべてが雲の影に隠れていく。

少女の肉の歯ごたえは何物にも代えがたい。

「ガウ～、やっぱりおいしいね、人間の女の子は。はああ、お腹が喜んでる」やっとまともな食事にありつけたるるの空腹が、みるみる満たされていく。

「たとえ罪でも、食べるガウ……。『スキ』を壊すものは、許さない」銀子は黒い毛をつやつやさせながら、鋭く目を光らせた。

ふたりは雲でいっぱいの空を見上げ、るるは食べかけの少女の腕の付け根あたりをがぶりと噛んだ。銀子も少女の首のあたりを噛み、二匹でずるずるとその身体を引っ張っていく。

少女の足から革靴が脱げてしまうが、気にしない。花壇の周囲を囲んでいる植込みの中ならば、残りの肉が雨に濡れず、土にも汚れないだろう。

銀子とるるはずるり、ずるりと少しずつ、少女を茂みに引きずり込む。

今夜は、どこで眠ろう。

## 2

地下の射撃場、紅羽は続けざまに何発も熊型の的を狙ったが、その弾はことごとくはずれ、たった一発、当たったものも、仁王立ちになった熊の左足の先をかすったにすぎなかった。

なぜ、当たらないのか。

紅羽は焦って銃に新しい弾をこめ、今度は先ほどより冷静なつもりで、深呼吸をしながら銃を構えた。しかし、あんなに小さな二匹の熊の吠え声が、大きく学校中、空いっぱいに轟《とどろ》いた、現実か夢かも定かでない記憶が思い出される。

これまで、熊に遭遇したときのために幾度、想像し、どれほど猟銃の扱いを練習しただろう。それが、いざとなったらあんな風に身体が震え、冷や汗が首の後ろから背筋を這《は》い、喉がすっかり渇いてしまうなんて。足がひんやりと動かなくなり、狙いが定まらなくなり、手が、震えてしまうなんて。

「純花」片方、残されていた革靴。それに、彼女の丸い眼鏡。いつも控えめに笑っていた純花。あきらめずに百合の花壇をなおしていた、小さいけれど勇敢に見えた背中。

顎《あご》のあたりで揺れるくせっ毛。マシュマロのような手。

紅羽は再度、せりあがってきた熊の的に向き合い、狙いを定め、発射した。

純花が熊に食べられて死んだことを、紅羽はまったく信じる気になれない。まだ、純花が死んだと決まったわけではない。遺体だって見つかっていないのだ。

また、違う的を狙い、発射する。

「純花」純花は、絶対に、熊に食べられたりはしていない。「私は熊を許さない。私は熊を破壊する！」

せりあがってくる的をどんどん撃っていくが、紅羽の弾はひとつも命中しなかった。

泣き出してしまうより前に、熊を壊したい。


その朝は、泉乃純花の学園葬だった。薄く曇った空の下、チャペルに集った生徒たちは、祭壇に置かれた純花の遺影と、空の棺の前にずらりと並び、皆、神妙な顔をして俯いていた。チャペルの鐘が追悼の音色を響かせると、各々、硬い木の長椅子に腰を下ろす。

紅羽は来ていなかった。

ユリーカは壇上に上がると、こちらに目を向けている生徒たちの顔をまんべんなく見てから、息をつき、深々と礼をした。

「みなさん、突然のことで動揺されているとは思いますが、どうか落ち着いて」マイクに向かって、いつもと変わらぬトーンを心がけて語りかける。「残酷な熊の攻撃によって、泉乃純花さんの地上での生は終わりを迎えました。ですが、私たちの生は、まだ続いていきます。泉乃さんの命もまた、私たちの心の中に、その姿は見えなくとも、生き続けるのです。絶望に満ちたこの世界で、何より尊いものは、信じ合える友だちなのです。泉乃さんの冥福《めいふく》を祈ります。それでは、生徒代表として百合園蜜子さん、壇上へ」

「はい」蜜子は立ち上がり、迷いなくユリーカの元へ向かい、マイクを引き継いだ。その顔はどことなく強張《こわば》っており、青ざめていた。

「泉乃純花さんは、とても優しい人でした。彼女は、弱いものを慈しみ、そういうものにこそ、愛を注ぐことを惜しみませんでした。この世界を愛し、たとえ何があろうと自分を見失わず、その名前の通り澄んだ心で……」ここまで話すと、蜜子は喉元をおさえ、息継ぎをした。「澄んだ、心で……」

「百合園さん、大丈夫ですか？」彼女の後ろに立っていたユリーカが、思わず声をかける。

「失礼しました。泉乃さんは、小さな白い花のようでした。健気で可憐でしとやかで、そして……」蜜子の視線の先には、何食わぬ顔で列席している銀子とるるが座っていた。じっと自分を見つめる四つの目に、蜜子は足をすくませ、怯えた。「そして、その……」

助け船を出すように、或いはすべてを打ち消そうとするように、ユリーカはパイプオルガンで『アヴェ・マリア』を奏で始めた。

蜜子は我に返った様子でオルガンを見やると、深くお辞儀をして壇上を降り、席に戻った。

チャペルを出ると、生徒たちは皆、晴れ間が覗《のぞ》き始めた空の眩《まぶ》しさに目を細めた。背伸びをし、深呼吸をし、ひといきついたら、まるで普段通りにお喋《しゃべ》りを始める。明るいも暗いも、死を悼むのも冗談を言い合うのも、常に友だちとともに、同じようにする。

「やっぱ熊、怖いよねー」いっそ能天気な声が聞こえてくる。

「ねー、『断絶の壁』って意味あるの？　熊入ってきてるじゃん」

「そういえばあのクラス、ほかにも行方不明の子がいるって噂だよね」

「じゃあその子も熊に食べられたの？」

「たぶんね。まだ遺体は見つかってないらしいけど」

「本当、熊って害獣だよね。だれか早く見つけて殺してくれないかなあ」

「ガウウ、なんか、いやなかんじ！」ふたつに結った巻き毛の片方をくるくると手遊びしながら、るるは厳しい顔をして目を伏せた銀子の顔を覗き込む。「ねえ、ぎ〜ん子！」

銀子がパッとるるを見て顔を上げるなり、抱きついてその首筋に顔をうずめる。

「ガフゥ〜ン、怒ってる銀子ったら、デリシャスメル！　ワイルドアニマルでギャランドゥなか、お、り……。ああ、もうるる、銀子にがぶがぶされたいよう！　あ、でも、るるがしてあげるのもいいかも」

銀子の首筋は一筋縄ではいかないしっかりとしたにおいがする。甘く香ばしくて、青々しい木々や木の実や花の蜜、それぞれが思い切り太陽の光を浴びて、香ばしく身を熱くしている、そんなにおい。

「椿輝紅羽、来てなかった」銀子はぼそりと言った。

「そうだね～、学校に来てくれないと狙えないのにね」るるはひっきりなしに動かしていた鼻から意識を離し、「う―ん」と首をひねりつつ銀子の顔を見た。銀子の大きな目を縁取る長い睫毛が下を向き、その頬に影が落ちるのを、るるはあまりよく思わない。

「あ！　るる、良いこと思いついちゃった！」

るるはうれしそうにくすくす笑いながら銀子に耳打ちする。

「ね。るる、賢～い！」にっこり笑うるるに、銀子は少しだけ、困ったような顔をして見せた。

学園葬が終わると、箱仲ユリーカは生徒たちのいなくなったチャペルの壇上に置かれた棺に、一輪の白い百合の花をそっと手向けた。

「これは椿輝さんからあなたに。今日、ここに来られなかったこと、許してあげてね。彼女はまだ、あなたの死を受け入れられないの。あなたのことが『大スキ』だったから」

ユリーカの表情は曇っていた。少なくとも、ユリーカは泉乃純花の死を悼んでいた。それが誰のためであるかは別にして。

「かわいそうに。あの子はまた、熊のせいで大切な人を失ったのね」滑らかに磨かれている棺の表面を撫《な》で、ふとパイプオルガンの脇を見ると、ミケランジェロのレプリカである聖母子像が飾られている。「溺愛……」

ユリーカは控えめに踵《かかと》を鳴らしながら、もう一度、オルガンの前に座った。

ピンヒールを履いたままピアノやオルガンを弾くことに慣れたのは、いつごろからだろうか。

ユリーカが静かに弾き始めた『アヴェ・マリア』は、先ほどとは打って変わってゆったりと、寂《さび》しく、心細げに響いた。重たい鍵盤《けんばん》をグッと押すたびに、ひとりぼっちであることを丁寧に確認しているみたいに。


クラスのみんなから少し遅れて、ぼんやりと廊下を歩く蜜子の耳に、また、遠くからオルガンの音色が聞こえてきた。少しだけ不思議に思いながらも、思考はすぐに、不気味なふたりの転校生に向かう。

百合城銀子と百合ヶ咲るる。教室でこそ目立った行動はほとんどないけれど、蜜子を見る、ふたりの何とも言えない恐ろしい目つき。かすかに聞こえたゴリゴリと鳴る不穏な響き。

「蜜子」

蜜子は、自分が呼ばれたことにはすぐに気が付いたが、応えなかった。相手のことはよくわかっていたし、今はそれどころではない。百合城銀子と百合ヶ咲るるが熊だということになると、また校内の誰かが、彼女たちに食われかねないのだ。

「ねえ、蜜子。蜜子ったら！」声の主、百合川《ゆりかわ》このみは、しびれを切らして蜜子の腕を摑《つか》み、ぐいと引っ張った。

「このみ」まるで、今、初めて気が付いたみたいな顔をする。

無造作で伸びかけに見えなくもないショートヘアに飾った、葉っぱのモチーフのピン。黒目がちなつぶらな瞳。そばかすに、前歯が白く目立っている。黒いソックスに白いキャンバススニーカーは、嵐が丘学園ではあまり見ないスポーティなスタイルだ。

「さっきからボーッとして、どうしちゃったの？　今日の蜜子、変よ」このみははっきりと不服そうに言った。

「なんでもないわ」蜜子は澄まして答える。

「あの娘のことがそんなに気になるの？」それまでより少しだけ低い声。勝ち気そうな瞳が蜜子をじっと睨《にら》む。

「あの娘？」あくまで余裕を持って蜜子は尋ね返した。ある意味で言えば、蜜子がこのみより気にかけている娘など、たくさんいる。

「椿輝紅羽。私、知ってるのよ。あなたがあの娘に近づいてるってこと」このみはまるで弱点でも掴んだみたいな顔をする。蜜子の負けだとでも言わんばかりに詰め寄り、蜜子を廊下の隅に追いやる。

ワイン色の壁に、蜜子の真っ直ぐな黒髪が映える。

「ねえ、どうしてなの？　あんな娘と友だちになったら、あなたまで『透明な嵐』に襲われる。面倒なことになるわよ。泉乃純花が死んだ今、次は、あいつで決まりなのに」急に猫撫で声を出し、このみは蜜子の美しい顔に自身の顔をぐっと近づけた。

「そうね。椿輝紅羽は泉乃純花への『スキ』をあきらめなかった。群れの空気を読まぬものは『排除』の対象になる。そういう仕組みですものね」蜜子はさらりと言い、壁に背を預けて息をついた。このみはどうして、いつもこれほど察しが悪く、暑苦しく鈍いのだろうか。ある意味、幸福だろうと羨《うらや》ましくすら思える。

「だったらどうして？」このみは今にも蜜子にくちづけしそうな距離でささやいた。

「ちょっと、気になることがあるのよ」蜜子はするならしろと言わんばかりに顔の位置を変えなかった。

「何？　心配ごとなら私に話してよ。蜜子、あなたのことは私が一番よくわかってる。そうよね？」このみはふっと身体を離し、焦れて蜜子の様子を窺った。答えない蜜子の身体に、不意に手を伸ばす。蜜子の小さな肩、シャツに隠れた鎖骨、真っ白な胸、柔らかな腹部。愛おしむように撫で下ろす。

実際、このみには蜜子が本当に気になっていることがなんなのかわかっていた。しかし、ここでそれを持ち出しても、蜜子は絶対にそのことを認めはしないだろう。

「このみ、私のこと、信じてる？」蜜子はしばし、考えるふりをしてから、このみの瞳をじっと見つめた。制服の上を滑るこのみの手を取り、両手で握る。

「ええ、信じてるわ、心から！」だから、本当のことを話して。

「これは、私たちだけの秘密よ」蜜子は声を潜め、今度は自分から、このみに身を寄せた。

「ええ！」ふたりだけの秘密というのは、何においても甘い響きだ。このみは身を乗り出し、蜜子の髪のにおいに平たい胸を苦しくさせながら頷いた。

「実は私、大変なものを見てしまったの」蜜子は不安げに目を伏せ、それから改めて、自分よりほんのわずかに背の高いこのみを見上げた。

この方法で、このみが蜜子を疑い、逆らったことは、今までに一度もない。

冷たくて硬い感触と、柔らかで安心な心地の混ざり合う中、紅羽は思い出していた。オルゴールの蓋が開いたままで、『アヴェ・マリア』がちらちらと鳴り続けている。

「紅羽、今日もお友だちと仲良くできた？」

母の声にはいつも嘘がなかった。だから、あまり仲良くできなかった日、紅羽はそれを、まったく隠すことができなかった。

「どうしたの？　元気ないのね」

幼い紅羽が唇を尖《とが》らせ、俯いていると、澪愛は自分もかがみこんで、紅羽の柔らかな頬を細い指先で撫でてくれた。

「あの娘、もう私と会ってくれないんじゃないかな」もう会えない。だから、仲良くもできない。

「そんなに悲しい顔をしないで」困ったように微笑みながら、澪愛は「紅羽はあの娘のことが『大スキ』なのよね」と続けた。

「うん」ほとんど「う」とだけ言いながら、小さな紅羽は大きく頷く。

「それなら大丈夫。きっとまたあの娘に会えるわ。紅羽が本当に、強く会いたいと願うなら」

紅羽の身体をすっぽりと包んでくれた両腕。さらりと鼻先をかすめる美しい髪。その体温とにおいに安心して、紅羽は「うん」と答えて目を閉じる。そうすると、本当に大丈夫だと思えてくるのだ。だから、強く願い、それを信じようと。

「お母さん、私」

紅羽は、自分の涙声で我に返った。当然、そばに母はおらず、紅羽の隣には、抱き枕のように抱えられた重たくて冷たい猟銃が横たわっていた。

すっかり薄暗くなった夕方の紅羽の部屋には、オルゴールの奏でる音だけが小さく聞こえていた。

今朝、紅羽は制服に身を包んだが、どうしても純花の学園葬に行く気が起きず、地下の射撃場で何時間も練習したのだ。

結局、一発もまともに的に当たらなかった。

「どんなに強く願っても、もう純花に会えない。友だちを、守ってあげられなかったよ、お母さん」視界がぼやけるほど紅羽の瞳を潤《うる》ませていた涙が、どっと溢れ、つるつると流れ出す。

あの、幼かったころと変わらない。誰も守れない、泣いているだけの弱い紅羽ではないと思っていたのに、背が伸び、手足が伸び、力も強くなり、猟銃が扱えるようになり、それでも、失ってしまう。

この家には紅羽しかいないというのに、彼女は声を押し殺し、柔らかな布団に縋《すが》って泣いた。

慰めるようにオルゴールの蓋の内側で微笑んでいる溺愛の写真に、今は顔を向けられない。

「私は熊を許さない。私は熊を破壊する。私は、熊を許さない。私は熊を破壊する」涙を手のひらで拭《ぬぐ》い、深呼吸をしながら、紅羽は自らに言い聞かせるように、何度もつぶやいた。

私は熊を許さない。私は熊を破壊する。

不意のドアチャイムに、紅羽は身体を起こした。クラスのお人好しな誰かが、プリントか宿題でも持ってきたのかもしれない。

洟《はな》を啜《すす》り、鏡を見て、目元が赤くなっているのを確認し、息をつく。これでは、泣いていたとすぐにわかってしまうが、仕方がない。

ドアチャイムは何度も何度も、非常識なほど鳴らされ、紅羽を急《せ》かしている。

「どちら様ですか」気だるげに言いながら玄関のドアを開けた紅羽は、夕焼けを背負って立っている銀子とるるを順番に見て、呆然とした。

「こんにちは～！　転校生の百合ヶ咲るるとー」るるは飛び切りの笑顔を紅羽に向けたまま、さっと両手で銀子を示す。

「百合城銀子」銀子はぼそりと言い、下を向いた。そうすると、ちょうど帽子のつばで、目元が隠れるのだ。

紅羽は銀子たちの自己紹介に対して何も言えず、赤い目をして玄関に立ち尽くした。

「あのー、ところで〜、お部屋貸してほしいんですけどぉ」るるはまどろっこしい前置きはなしに言った。

「部屋？」紅羽はやっとはっきり声を出したかと思ったら、ずいぶん間抜けな顔をして、じっとるるを見た。

るるはうんうんと頷《うなず》きながら、勝手に玄関に入り、長いレースアップブーツをささっと脱いで、ひんやりとしたフローリングに上がった。飾られた熊の置き物や階段の手すりについた豪華なランプ、硝子《ガラス》の細工の美しい戸棚をぐるりと見回す。

「ガウウ〜、かわいいおうち！　ねえ、こんなに大きいおうちだったら、部屋、空いてるんでしょ？　私たちに貸してくれない？」にっこりと笑って提案してはみたが、椿輝紅羽の反応はやはり、芳しくはなかった。

「いきなり何言ってるの？」紅羽は腰に手を当ててるるの前に仁王立ちになった。

るるは今度は慌てて紅羽の前に跪《ひざまず》き、目に涙をためて両手を合わせた。

「あのね、るると銀子、この街に来てからずうううっと野宿なんだよ！　女の子なのにお風呂に入ってないんだよ……。ガウウ……これじゃあ、あっちこっちカユカユで蚤《のみ》がたかって臭くなって死んじゃうよお〜」渾身《こんしん》の泣き落としに、紅羽は啞然《あぜん》とし、同情と言うより、恐ろしそうに青い顔をした。

「お風呂に……転校してきてからずっと入ってないの……？」

「ね、いいでしょ？　だからせめて、お風呂だけでも貸してくれない？」

「まあ、お風呂、だけなら……」椿輝紅羽は不承不承、そう言った。

「やったあ〜、交渉成立！　るる、賢〜い！」るるはすっかりうれしくなって、両手を上げて踊るように、たぶん、リビングに続くであろう廊下を跳ねていく。

「ちょっと！　今日、今、貸すだけよ。えっと、百合ヶ咲さん」

「るるでいいよ。ねえ、銀子」

戸惑う紅羽の頬を、いつの間にか彼女の隣に立った銀子が、唐突にぺろりと舐めた。

紅羽は舐められた頬をおさえ、目を丸くして銀子を見た。

「私も銀子でいい」

「何するの！」

「涙の味がする」銀子はそうつぶやいた。

るるは、銀子が紅羽を舐めたのは見えたけれど、その後、何を言ったのか聞こえなかった。大体の想像はつくものの、なぜか、きちんと自分の耳で聞いておきたいと思った。

紅羽は目を丸くして、唖然とし、言葉を失った。銀子は紅羽の横をあっさりと通り過ぎ、結局、るるよりも先にリビングに入って行った。

紅羽は静かに息を整えながら、こっそり、指先で目元を拭った。それから、ゆっくりと胸を撫で下ろし、奇妙なふたりのペースに巻き込まれてはならないと、自分に言い聞かせた。

「お風呂、入るならどうぞ」

るるは、銀子と紅羽がふたりきりになることについて、何も思わなかったわけではない。でも、紅羽に会わなければ銀子の『スキ』を叶《かな》えられないし、それはつまり、るるの『スキ』が叶わなくなることと同義なのだ。

ばしゃんと音を立てて温かいお湯に頭のてっぺんまで潜る。ざばっと顔を出すと、るるは改めて、手足をめいっぱい伸ばした。

「おっふろおふろ」適当に節をつけて歌いながら、長い巻き毛を大きな二つのおだんごに結い、泡立った入浴剤に埋もれ、石鹸《せっけん》のにおいを嗅ぐ。

「極楽、極楽」

紅羽は、風呂を貸すと決まったらとても親切だった。バスマットをかえて、バスタオルや入浴剤を出して、湯船に湯を張りながら、湯の出し方を丁寧に説明した。

「これ、使う？」

紅羽が手のひらに黄色いヒヨコを乗せて差し出したのを見て、るるは思わず吹き出してしまった。

「使わないなら、いいわ」紅羽は頬を膨らませた。

「使う使う！」るるは笑いながらヒヨコを手に取った。ぎゅっと摑んだせいで、ヒヨコがぷぅーと音を出したので、るるは余計に笑った。

「もう。丁寧に使ってね。何か必要だったら、リビングにいるから声をかけて」

「ありがとう」

白いタイル張りの床に置かれたピンクの風呂桶《おけ》。無造作に並んだシャンプーとコンディショナー、トリートメントのボトル。石鹸にバスソルト。オイル。蒸しパンのような、黄色いボディ用のスポンジ。ひとりしか使わない、紅羽のためにのみ準備されたもの。

美しい曲線を描く猫足のバスタブは、ためた湯でるるの身体全部を包み込む。その中でいっそう白く見える、るるの人間の足。自慢の焦げ茶色の毛並みのない、つるりとした肌。

内側から緊張を解いていく感覚に思わず眠気を覚えながら、るるは片時も、ふたりきりの銀子と紅羽のことを忘れなかった。

当然ながら、本当は、銀子と一緒に風呂に入りたかった。

シックな調度品でそろえられたリビングは静かで、緊張の糸は不意にピンと張りつめ、或いはゆるりと油断をしながら、銀子と紅羽を繫《つな》いでいた。

「部屋は貸さないわ」テーブルに温かいミルクティーの入ったティーカップを置きながら、紅羽は言った。「悪いけど、これを飲んだら、百合ヶ咲さんと帰って」

「泣いてた？」銀子は率直に尋ね、ガウガウ、と鼻を動かし、紅茶がダージリンであることを嗅ぎ分けた。

「泣いてなんていないわ」とは言え、自らの目元が赤くなっていることを知っている紅羽は、銀子から顔を背けたまま、ソファにどさりと腰掛けた。右手のひらに顎を乗せ、指で口元まで覆ってしまう。それから、左手で不安定な右肘《みぎひじ》を支える。こういうとき、長い髪は便利だ。顔の半分を、ほとんど隠しきってくれる。

「あの娘。泉乃純花のこと？」銀子は紅羽から目を逸らさずに続けた。

紅羽は黙っていた。答える義理はないし、なまえを出されると、すぐにでも涙が出そうになって、どちらにせよ口を聞けない。

「知ってる？　悲しい、さみしいときの涙は、ごちそうみたいな特別な味がする」

テーブルを挟んで向かい合った相手に、ぎりぎり聞き取れるほどの音量の声。

紅羽は眉間《みけん》にわずかに皺《しわ》を寄せ、ちらりと銀子を見た。銀子が何を言っているのか、紅羽にはさっぱりわからない。

紅羽は銀子が続けて何か言うのを待ったが、銀子は紅羽と目を合わせるとじっと見つめるばかりで、リビングには沈黙が続いた。

ミルクティーは、きっともう、生ぬるくなってしまっている。

魔法にかかったみたいに動かず、紅羽を見つめ続ける銀子に堪え兼ね、紅羽は姿勢を正してソファに座りなおし、小さくため息をついた。

「とにかく、百合ヶ咲さんがお風呂から出たら、一緒に帰って。必要なら、あなたにもお風呂は貸すから」なるべく用件のみを、感情を含ませないように気をつけながら伝える。

「私はいいガウ」

「そう」

銀子があまりに見つめるので、紅羽は落ち着かず、部屋の中に会話のとっかかりになりそうなものを探した。しかし、ずっとひとりで暮らしている家だし、カーペットも暖炉も写真立ても燭台も鏡も、ソファもテーブルも、紅羽が小さいころから置いてあっただけのものだ。母の趣味でしつらえたものだという話はしたくない。

そもそも、なぜ、銀子は自分の頬を舐めたりしたのだろう。まるで動物みたいに。それに、ティーカップに口をつけない。もしかして、ミルクティーが苦手なのだろうか。

「紅羽の『スキ』は本物だ」銀子は唐突にそう言った。「涙の味。紅羽の『スキ』は、本物ガウ……」

純花に対する紅羽の気持ちを、目の前の、ほとんど話したこともない妙な転校生が、本物だと、涙を舐めたから、それがわかったというのか。

「あなたに何がわかるの？」内心は苛立《いらだ》っていたが、敢えて冷静に尋ねる。ぬるいミルクティーに口をつけ、音の立たないように華奢なカップをソーサーに置く。

「わかるよ。私の『スキ』も本物だから」銀子はまったく悪びれずに答えた。

「わかりっこない。転校生で、私と純花のことなんて何も知らないくせに！」紅羽と純花のあいだのことは、すべてふたりだけのものだ。その『スキ』も『大スキ』も、あきらめない気持ちも。

銀子は顔色一つ変えずに、紅羽がどんどん苛立ちをあらわにしていくのを見ていた。

「知ったような、勝手なこと言わないでよ！」紅羽はすっと立ち上がった。「帰って。もういいでしょう。私、ひとりになりたいの」

ソファから立ち上がる様子を見せない銀子の腕を掴み、引っ張り上げる。

「いやだ」立ち上がった銀子は、玄関まで引っ張って行こうとする紅羽に逆らって、揉《も》みあいになった。

「ちょっと、いやだって、あなた……」紅羽が本気を銀子の腕を引いても、熊の力に抗《あらが》えるわけがない。

　銀子は逆に紅羽に摑まれた腕をグッと自分のほうに引き寄せ、その拍子によろけた紅羽を、そのまま、ソファに押し倒した。

　紅羽ほどの体型の少女なら、すっぽりとソファに収まってしまうほど大きく立派なソファ。なめした革に埋もれて、紅羽を見下ろす格好になっている銀子の硬く冷たい表情。

　銀子の目は、少女のそれにしてはあまりに鋭く、恐ろしいほどよく光る。

「椿輝紅羽。会いたかった。私たちはきみに会うためにここに来たんだ」低く重い中にも、どこか優しさが滲《にじ》んでいる。

「どういうこと？」紅羽がいくら銀子の瞳を見つめても、何も読み取れない。

「におうよ、デリシャスメル。ガウ……」銀子は胸の奥に燃え広がっていく思いに堪え兼ねて紅羽の胸元に顔を近づけ、その甘いにおいを思い切り胸に吸い込んだ。「きみに私の『スキ』を」

　銀子の唇が紅羽の首筋を這おうとしたその瞬間、またもや、ドアチャイムが鳴った。

　今日は紅羽の元には珍しく、客が多いようだ。

「だ、だれかしら、こんな時間に」紅羽は何事もなかったかのようにむくりと起き上がり、あっさりと銀子を退けた。

銀子は舌打ちこそしなかったものの、すっかり頬を紅潮させ、荒くなった息を整えながら、廊下の向こうのやりとりに聞き耳を立てた。

「百合園さん、どうしたの？」

紅羽が言い終える前に、蜜子は背に隠すように持っていた銃を構えた。

「百合園さんっ？」驚き、後ずさった紅羽の肩越しに、蜜子は銀子を睨みつけていた。

「今すぐ、椿輝さんから離れなさい！」

銀子は神妙な顔をして、その場を動かず、ただ蜜子を睨み返した。

るるはそんな銀子と紅羽の様子を廊下の向こうから見ながら、髪にも身体にもバスタオルを巻きつけ、「良いお湯だったガウ〜」と呑気《のんき》に玄関に顔を出してしまった。

「あなた、何してるのっ！」蜜子の持った銃の口がふっとるるに向かう。るるは絶句して、ぞわぞわと体中を緊張させた。

「百合城銀子、百合ヶ咲るる！　私、あなたたちのこと知ってるのよ！　私、見たのよ。あの日、あなたたちが何をしていたのか」蜜子は転校生たちの顔を順番にじっと見た。

銀子は顔色を変えなかったが、長い睫毛が震えていることから、焦りはすぐに見て取れた。

るるは明らかにうろたえた様子で、風呂に入ったばかりの肌に、早速冷や汗を掻いている。

「ふたりが、何をしてたっていうの」紅羽は恐る恐る尋ねた。

「紅羽、それは……」銀子が思わず口をはさむと、蜜子は慌てて銃口を銀子に向けた。

「彼女から離れて！　椿輝さん、いえ、紅羽には、この私が指一本触れさせないわ！」

「百合園さん、どういうことなの？　何を知ってるの？」紅羽は真剣な様子で尋ねた。

銀子は百合園蜜子が口を開く前に、危険を承知でその場を動いた。蜜子は改めて「動くな！」と叫び、ついに銃を発射した。射撃の訓練などしていないと思われた蜜子だったが、発射後もしっかりとその場に立ち、銃を構えている。

紅羽は思わず頭を抱えていた。

弾は、狙いを大きく外れて、台所の小さな窓ガラスを、派手な音を立てて割った。

顔を上げると、既に銀子とるるはその場から消えていた。紅羽は、るるがちゃんと服を着て出て行ったかどうか、湯冷めしやしないかしらとまず思った。

「逃げ足の速いこと」蜜子は舌打ちをし、いったん銃口を下げた。

「百合園さん、あなたは……」紅羽はキンキンと鳴っている耳で何とか自分の声を聞きながら声をかけた。

「今詳しく話している暇はないの。あのふたりを追うわ！」蜜子は玄関のドアを開け放ったたま、走り去った。

「なんなの、いったい……」

蜜子の撃った弾は、銀子やるるには当たらないまでも、その向こうにある硝子窓をちゃんと撃ちぬいた。つまり、彼女も銃を扱える。射撃の訓練をしている、あるいはしたことがあるということだ。それに、銀子とるるが何をしたのか知っているという言葉。紅羽に接触して、転校生ふたりがどんな危険を冒すと言うのか。

紅羽は玄関ドアを閉め、鍵をかけた。割れた硝子の始末を後回しにして、あっという間に静けさに包まれたリビングを眺める。冷めた紅茶と、銀子と倒れ込んだソファ。のしかかった彼女はしかし、軽く華奢で、宵闇《よいやみ》のような色の厚い前髪の奥には、大きく強く光る瞳が、紅羽をじっと見つめていた。

「私に会うため……？」

銀子の唇は、今にも紅羽の唇に触れてしまいそうだった。

銀子にぐっと近づくと、どことなく野性的な、蜂蜜のようなにおいがした。

「あ」二階の自室から聞こえる携帯電話の着信音に気づき、紅羽は急いで階段を上がった。つい さっき、自分が疲れ切って眠り込んでいたままにシーツの乱れたベッドに置き去りにした電話を手に取る。

非通知の着信。

「もしもし」紅羽はおそるおそる応答した。

「あなたの『スキ』は本物?」

紅羽が屋上で二匹の熊に襲われ、背中から長い階段の中心を落ちていく夢を見たときと同じ声、同じ内容だ。屋上で倒れていたという紅羽は、本当に夢を見ていたのだろうか。それとも、あの電話までは本当だったのか。或いは、これはまた夢の中なのかもしれない。

「これは『断絶の壁』からの挑戦です。椿輝紅羽。あなたの『スキ』が本物ならば、百合の花壇へ行くがいい。熊があなたを待っている」

「あなたは誰? これは、夢なの?」

「その身を熊に委ねれば、あなたの『スキ』は承認される」

「どういう意味なの? 私の『スキ』は……」説明するよりも早く、電話は切れてしまった。

銀子は紅羽の『スキ』を本物だと言った。自分にはそれがわかるのだと。

電話の主と銀子とは、どういう関係があるのだろうか。紅羽の『スキ』が、彼らにどう、関係しているのだろうか。

とっぷりと暮れた夜の街を、紅羽は銃を手に駆け出した。

「純花。私は熊を許さない。私は熊を、破壊する!」

嵐が丘学園の校舎裏の花壇は、紅羽が一年生のときは既に花壇として使われてはおらず、ただ、乾いた土にわずかに雑草の生えた、誰も見向きもしない場所だった。

紅羽はわざわざジャージに着替え、自分の力で花壇を再生しようとしていた。それは、学園に入学する前から決めていたことだった。

軍手にスコップにバケツ、じょうろに肥料。種を蒔《ま》くより先に、まずは植物を育てられる土にしなければならない。長い髪を結い、土の様子を見ていた紅羽に、純花はそうっと近づいて、背中から声をかけた。

「ねえ、『スキ』なの？」あの時から、純花はいつだって優しげで率直だった。

「スキ？」紅羽はそう驚かずにしゃがみこんだまま振り返った。

「お花。ここ、昔は花壇だったんでしょう？　何を植えるの？」純花は丸い眼鏡の奥の瞳を輝かせ、おっとりと微笑んだ。

「百合の花」紅羽はきっぱりと答えた。「白い、百合を植えたいの」

「ふうん、きれいだもんね、百合の花」純花は花壇の脇にしゃがみ、小さな手で土に触れた。

「冷たくて気持ちいい」

正直、まだそれほど純花と仲良くなかった紅羽は、そのとき、純花があまりそばにいて紅羽を見ていると、自由に作業がしにくいと感じ、その笑顔に戸惑っていた。

それは、今では果てしなく遠い、幸福な記憶だ。

「うわあ、本当に芽が出てる！　私、百合の球根って茶碗蒸《ちゃわんむ》しに入れて食べるものだと思ってたよ」純花は無邪気にそう言った。

「純花ったら」

百合の蕾《つぼみ》が膨らんだころには、紅羽と純花はこれからどんどん仲良くなるばかりだという確信があった。互いが互いにとってかけがえのない存在になると。

「早く咲かないかなあ」純花はうれしそうに笑いながら「ねっ」と紅羽を見た。その顔があまりにかわいらしかったから、紅羽は「うん」と言いつつ、気恥ずかしくて百合の芽に視線を移した。

純花は本当に素直で純粋で柔らかで、素敵だった。遠慮がちに見えるが、案外、しっかりとした意志を持っていて、ときどき頑固ですらあるところも。

百合の花がいよいよ咲きそうになると、紅羽と純花はふたりが思っていた通り、とても仲良くなっていた。互いの手をぎゅっと握り、花壇を見渡す。

「もうすぐ、紅羽ちゃんの『スキ』が咲くね」純花は紅羽の指に指を絡ませた手に、きゅっと力を込めた。

「私の『スキ』？」

「そう。……『スキ』だよ」

もうじきあたりに強く漂うはずの百合の花の香りのように、とびきり甘い声だった。

紅羽は純花の手を強く握り直し、なんて小さな手だろうと、小さく笑った。

空は既に暗くなっているが、百合川このみは動き出す気が起きず、ずっと空を見上げては、ため息をついていた。

嵐が丘学園のチャペルの屋根は、赤かったペンキがくすんで渋いワイン色に変わっている。ほとんど人目につくことのない、大きな三角形の屋根のなだらかな傾斜の途中に寝転がって、このみはよく昼寝をしたり、ひっそりと夜を明かしたりしていた。

蜜子はいつだって、このみには何もわからないと思っている。これだけ蜜子のことを見つめて、知っているはずのこのみを、どこかで馬鹿にしている。見下しているのだ。

このみのほうが、蜜子がこのみを思うより強い気持ちを持っていることは事実だろう。それは、このみにだってわかっている。それでも、いつか蜜子はこのみの強い愛情を信じ、それに感心して、真からこのみを大切に思ってくれる。そう信じているのだ。それなのに、蜜子は今、椿輝紅羽に夢中だ。

このみは、あんな風に上の空になる蜜子を初めて見た。

蜜子はあの娘のことが好きなのだ。このみにだって、そのくらいのことはわかる。

単なる食料である人間の娘に蜜子を奪われることなど、あってはならない。蜜子はこのみのものだ。

「私が先に食ってやる」このみは思いつめた表情で身体を起こした。「蜜子にあんな顔をさせるその肉、私がめちゃくちゃに食い散らかしてやる！」

蜜子はさぞかし驚くだろう。それどころか、このみを嫌ったり、憎んだり、頬を叩くかもしれない。しかし、それでもかまわない。無関心よりはずっと良い。

このみは自嘲《じちょう》し、笑みを浮かべた。

「蜜子。『スキ』って気持ちは、獰猛《どうもう》なのよ」

雲に隠れていた月が姿を現すと、このみは少女の姿を熊に変え、夜の空に吠えた。

椿輝紅羽は、百合川このみが食べ尽くす。


紅羽は校舎裏の百合の花壇にたどり着くと、すぐに銃を構えた。神経を集中させても、何かがいるようには感じられない。

今度は、屋上の時のように、怯えて動けないようなことのないように、頭の中でシミュレーションを繰り返す。

「来たわ。私を待っているんでしょう。出てきなさい！」

その熊は、花壇を囲む茂みを揺らし、あっさりとその姿を現した。焦げ茶色の毛並み、前歯の目立つ顔立ちと、頭についた葉っぱの飾り。

「屋上にいた熊……？」あのことは、夢ではなかったのだろうかと紅羽は考えた。前回よりもずっと冷静にスコープを覗き、紅羽は狙いを定めた。

「私の『スキ』を証明するわ」

熊は臆《おく》せず、紅羽に近づいてくる。

「私は熊を許さない。私は熊を破壊する」呪文《じゅもん》のように唱える。「死ねっ！　けだもの！」

精一杯、集中しながらはなったはずのその弾は、外れて土に紛れてしまった。

「死ね、死ね。死ねっ！」

踊るように身をひるがえす熊を、何発も撃つ。しかし、やはり、紅羽の弾は的に当たらなくなってしまった。

「どうして……」純花の仇《かたき》を取らねばならないのに。

いよいよそばまで来た熊に焦り、銃が作動しなくなったとき、紅羽はあきらめた自分を想像した。ここで熊に食われ、熊を倒せないまま、死んでいく自分。身体が自由を失い、四肢《しし》が噛み砕かれ、ちぎられてしまう。

そうはいかないと、弾の詰まってしまった銃を振り回し、熊をけん制する。しかし、大きく吠えて飛び上がった熊に、紅羽はなすすべがなかった。

「あっ」その感覚には覚えがあった。ついさっきまで、夢か現《うつつ》かわからなかった、屋上での一件。あのとき、紅羽はどこかへ落下したのだ。突然に、長い階段の中央を、どこかへ。

また、熊を仕留められなかった。

紅羽は猟銃をしっかりを抱え、背中から落ちていった。階段の白い手すりに手を伸ばしてみたが、まるで届かない。自分はどこへ向かっているのか、意識さえはっきりしていれば、この現象の正体がわかるかもしれない。でも、くるり、くるりと下からの風にあおられて体勢が変わり、身体が翻弄されるうちに頭がぼんやりとしてくる。

やがて、銃が紅羽の手を離れる。ジャケットが、靴が、ネクタイが、自分から剝《は》がれていく。

「裁きの時がきた。ガウガウ」

銀子とるるは学園の屋上で身を寄せ合いながら、歯ぎしりし、両目を赤く光らせた。

「食べたい！　今すぐ、あの娘が食べた――――い！」

開廷を叫ぶ声に引き寄せられ、銀子とるるは『断絶のコート』に浮かぶ被告人席に就いた。

「ようこそ、『断絶のコート』へ」ライフ・セクシーは熊の姿の銀子とるるに華やかに微笑みかけた。

「扉が開かれました。生きとし生けるものすべて。人と熊の彼岸もここなのです。今こそ裁きましょう。人と熊のために。私はライフ・セクシー」セクシーは腰をひねり、胸元をはだけて見せる。

「私はライフ・クール」獣の手で眼鏡をあげ、極めて直線的なおかっぱを揺らす。

「僕はライフ・ビューティー。キラキラァ……」手品の用のぽんと現れた薔薇の花束は、あっという間に花びらを散らし、舞うように三人を彩る。

「それでは、ユリ裁判を始めます」

木槌の音に、ふたりは一応、姿勢を正す。

「ハイ、裁判長！」ライフ・クールがおもむろに手を挙げる。「前回、被告グマたちが人を捕食してからまだ一週間も経過しておりません。明らかにこれは食べ過ぎです。ギルティーです！」

「ええーっ、そんなぁ」るるは思わず情けない声を出し、ちらりと銀子を見る。銀子は焦らず、まっすぐ前を向き、静かにやりとりを見守っている。

「フフン、なんてクール……」クールは満足げに眼鏡を上げた。

「異議あり！　お腹ペコりんの尺度は人ぞれぞれだと思いまーす。キラキラァ……」

ビューティーは自らに光をちりばめつつ反論した。

「異議を認めます」セクシーの低い声。

「えっ！」クールは不満の声を上げる。

「それにい、肉食動物は、餌《えさ》は食べられるときに食べておけっていうのが、本能だしねー」間延びした声ながら、説得力のある弁護だ。

「そうそう、そうなんですぅ、るるたちの本能なんです！　さっすが弁護士さん、いいこと言う～」るるはもこもこの両手をめいっぱい挙げ、身体ごと机に乗り上げた。

「まあね～、キラキラァ」

「熊が熊の本能に従う。それは自然の法則にかなったこと。つまり、認めざるを得ませんね。それがセクシー、シャバダドゥ」セクシーは微笑みながら長い前髪を掻き上げる。

「え、えぇーっ？」クールは反論できないまま冷や汗を掻いている。

「裁判長！　ラブ・ジャッジメント、お願いしまーす」

「では、被告グマ。あなたは透明になりますか？　それとも、人間、食べますか？」

「人間」銀子がすぐさま答える。

「食べまあーす！」るるはそれに続いた。「ガウウ！」

「それでは判決を言い渡します」木槌が力強く打たれる。「ユリ、承認！」

「ユリぃ――――――しょおおおにいいいいいいん！」銀子とるるが叫ぶと、『断絶のコート』はジャッジメンズごと、舞台装置のように机や椅子を引っ込めていく。にわかに現れた床に反射する光に誘われるように、ふたりは被告人席から飛び上がる。

「私は『スキ』をあきらめない。あの娘を食べる！」

熊の姿で光の中に転がるように落ちた銀子とるるは、ジャッジメンズと同じ、半分が熊、半分が人の姿に変わる。素肌に次々に下着が身に着けられると、白い襟と袖のない小さなジャケット、たっぷりとチュールのついたスカートが舞うように身体に張り付いていく。スカートの後ろには、丸い熊の尻尾がちょこんと出ている。

銀子はこぶりな王冠にネクタイ。るるは、フリルのついたカチューシャに大きなリボン。ふたりを待っているはずの紅羽に向き合うための正装に、胸の奥がときめく。

光を抜けて降り立った地面は『断絶の壁』と同じ色柄をしている。その床が続く長い廊下の先に『スキ』がある。

ふたりは顔を見合わせて、飛び跳ねるように奥へと進む。

鮮やかな赤い花、特別な蜜の味。それに引き寄せられるように、ふたりはかすかに漂うにおいを辿《たど》り、より奥へと急ぐ。すると、赤い花びらがふわりふわりと廊下まで舞い散り始める。この奥にいる娘を、食べたい。

ふたりは地面に降り立ち、人らしく歩いて入り口から最奥へと向かう。幾重にも重なり、部屋中をみっしりと覆い尽くした真っ赤な花びらの中、紅羽は裸のまま、目を閉じ、待ち構えるように横たわっている。

椿の花びらは祭壇のように椿輝紅羽の裸体を支え、真っ白な肌に反射して映る赤い花びらの影は、光るようにちらちらちらと銀子やるるを誘った。

「紅羽。私はあなたを食べる」銀子は宣言と言うより、紅羽自身に告げるようにささやき、椿輝紅羽の頬をぺろりと舐める。るるも、銀子に続いて彼女の膝頭を舐める。ふたりは夢中になって、止めどなく彼女の身体の隅々を舐め、くちづけし、甘噛みする。やがて、その素肌全体を覆っていた薄く白い膜のようなものが剝がれて、ぽろぽろと椿の絨毯に落ち始める。

「私の望むもの。透明な嵐の中、私は探す」椿輝紅羽は目を覚まさないまま、口を開く。

膜の下から表れた椿輝紅羽の胸元がそうっと割れると、中から百合の花の芽が現れ、伸びながら膨らみ、一気にその白い花を咲かせる。花芯から紅羽の蜜が溢れ、滴り落ちると、あたりは甘い香りに包まれた。

「デリシャスメル……」

銀子とるるはその香りに夢中になって、一心にその蜜を舐めとる。

「何を探すの？」「どこを探すの？」ふたりが尋ねても、紅羽は答えられない。

紅羽はふたりの舌の感触に身をよじり、思わず声を上げた。

「約束のキスを私に！」

銃が発射された音で我に返ると、夜の闇の中、紅羽を襲わんととびかかってきた熊が、ばさりと土の地面に落ちるところだった。暗くて見えにくいが、頭部から煙が上がっている。

紅羽は地面に尻餅をつき、両手も冷たく湿った土についていた。自分が撃ったのではない。

「間一髪だったわね」雲が退き、月明かりが差すと、猟銃を手に立っていたのは、百合園蜜子だった。「大丈夫？　紅羽。怪我はない？」

「百合園さん」紅羽の銃は、土に紛れて落ちているが見える。いつの間に、こういう事態になったのだろうか。「大丈夫。でも……」

紅羽が屋上で見たのは、二匹の熊だ。蜜子が仕留めたのはそのうちの一匹だろう。

「熊は二匹いるわ。まだどこかにいるはず！　今度こそ、私が」紅羽はどこかふわふわと心もとない感覚のまま、銃に手を伸ばした。今度こそ、仇を取る。熊を破壊する。

「紅羽」蜜子は紅羽に駆け寄り、しゃがみこんで紅羽の伸ばした手を制するように握った。

「大丈夫。熊は用心深いの。今夜はもう襲ってはこないわ」

「でも」紅羽はまだ、誰のためにも、自分のためにすら、何もできていない。怯え、悲しみ、巻き込まれ、結果的にはおどおどしているだけだ。純花のことも、母のことも、いくら想っても何も行動に移せないのでは意味がないのだ。

蜜子は歪みながらも泣き出すのを我慢している紅羽の表情を見て、思わず彼女を胸に抱いた。

「紅羽、自分を責めちゃいけないわ。泉乃さんが亡くなったのはあなたのせいじゃない。彼女はほかの娘より、ただ、ほんのちょっとだけ運が悪かったの。それだけよ」

「違う！　運だなんて、そんな……」蜜子が紅羽を慰めるためにそう言っているのだとわかってはいても、肯定はできない。運などではない。紅羽が純花を守れなかったのだ。

「わかってる！　わかってるから」蜜子はより強く紅羽を抱きしめ、長い髪を撫で、背中に温かな手を置いた。

蜜子のぬくもりや、纏《まと》っている制服の布地のにおいに、少しずつ強張《こわば》った身体が緩んでくる。冷えた手足が解けるうちに、紅羽も、自分の前にしゃがみこんでいる蜜子に意識的に寄りかかり、腕に縋るように触れた。

「百合園さん」蜜子の真っ直ぐな髪が、顔を上げた紅羽の額《ひたい》をくすぐる。

「泣いていいのよ、紅羽。あなたは泉乃さんの本当の『友だち』だから。その喪失を誰より心から悼んでいたから。あなたには、涙を流す資格があるわ」

紅羽は、学園葬を休んだし、部屋でひとり、泣いてもいた。それでも自分が無理をしていることに無自覚だったことに気が付いた。日常は止まってくれない。時間割も変わりやしない。一日中、泣いていても、翌日には制服を着て登校しなければならないし、射撃場で銃を手にしなければならない。それらをさっぱりとやめてしまったら、紅羽には何もなくなってしまう。

つまり、本当に気を落ち着けて、地の底のように悲しい気持ちに向き合う瞬間はなかった。できなかったのだ。

瞬《まばた》きをするたびに、紅羽の瞳から大粒の涙がこぼれた。それを尻目に、蜜子は自らがその頭を撃ちぬいた熊、百合川このみの死骸《しがい》を見ていた。微笑んでも悲しんでもいない、そこにある物を見ているというだけの表情で。手のひらにかすかに震える紅羽の肩の温かみを感じ、その鼻で、彼女の甘い肉が涙で潤っていくのと、夜気の混ざった香りを吸い込みながら。

3

間もなく、蜜子の通報で警察とユリーカが夜の学園にやってきた。再び熊警報が発令され、サイレンが鳴り響く中、疲れ切った紅羽は暗い保健室で休んでいた。

花壇の周辺だけ、婦人警官がうろついたり、ユリーカと話し込んだりしているため、目に痛いほど黄色く明るい。熊の死骸は、きっともう回収されてしまっただろう。

蜜子はその眩しさに目を細め、どことなく硬い素材の白いカーテンを引いた。

窓を背にして立つと、外のあかりが蜜子の影を保健室の床に長く伸ばす。真っ直ぐな長い髪にきれいなツーサイドアップが、こころなしか耳のように見える。蜜子は思わずクスッと笑った。

パーテーションのプリーツの奥、パイプベッドに、紅羽は疲れ切って眠っていた。瞼は閉じられているが、長い睫毛の端から涙の雫がこぼれ、頰を伝って枕を濡《ぬ》らしている。

蜜子はそのベッドの端に腰かけ、かがみこんで紅羽の濡れた頰に顔を近づけた。

「紅羽。これであなたの『スキ』は私のもの」生暖かな舌で涙を舐めとり、口の中がちりちりするような刺激を味わう。「デリシャスメル……ああ、疼《うず》いてたまらない。でも、まだ」

蜜子は自分をいさめるように両肩を抱き、深く息を吐いた。まだ、この主菜の食べごろではない。

紅羽のことを思いながら、別の娘を食べることは、人で言うならばスナック菓子やカップラーメンでとりあえず腹を満たすようなものだ。安価で簡素で、どれを選んでも味に大差はない。味気なく、美しくもなく、まともな糧になりやしない。

暗がりでゴリゴリと奥歯を鳴らしながら、蜜子はだめだ、と思った。やはり透明な娘は透明な味しかしないのだ。腹を満たすためと割り切って食べていても、少しも歓《よろこ》びがない。

『排除』されている特別な個体だけが、本当に飢えを満たしてくれる食事たりえるのだ。

「『スキ』をあきらめない娘の肉だけが、柘榴《ざくろ》と花の蜜の味がする。泉乃純花……あなたはとてもおいしかった」

紅羽はきっと、それ以上だろう。

蜜子は食事を終えると、人の姿で暗がりから立ち現れた。

もうすぐ、透明な嵐がやってくる。そうすれば、椿輝紅羽を食べることができる。そう思うと、つい口元が緩むのだった。


チャペルでの全校集会。ユリーカは事件続きであることに少々、疲弊した表情で壇上に立っていた。

「ついに熊が、越えてはならぬ『断絶の壁』を越えてしまいました。泉乃純花さんはその犠牲となり、さらに現在も、百合川このみさんをはじめ、数名の生徒と連絡がつかない状況です」

長椅子の空席は、紅羽が欠席した日とは比べ物にならないほど増えていた。不安げにざわつく生徒たちに、ユリーカは続けた。

「これはあの『断絶の日』以来の危機です。熊警報も解かれていません、非常事態なのです。幸い、学内に侵入したと思われる熊は、昨夜駆除されましたが、油断はできません」こちらを見ている生徒を見渡す。ざわめきは徐々に静まり、皆、自然とユリーカを見る。「いいですか。今、あなたの隣にいる『友だち』こそが、あなたの、あなたたちの命を守る鍵です。学園の中であっても、決してひとりにならないよう、お互いがお互いを守るのです」

紅羽は図らずも、蜜子の隣に座ってそれを聞いていた。気分は万全ではないが、それこそ、ひとりで家に籠《こも》る気にもなれない。

「あなたのことは私が守るわ」不意に、蜜子はごくごく小さな声でつぶやくと、椅子の座面に置かれていた紅羽の手に自らの手を重ねた。

紅羽はどきりとして頬を熱くしたが、するりと蜜子の手から抜け出した。

「紅羽？」蜜子は俯いた紅羽の横顔をちらりと見た。

「ごめんなさい」紅羽は小声で、しかしはっきりと言った。ごめんなさい。つまり、好意を受け入れられないと。

「どうして？　昨日は……」昨日は、紅羽は蜜子を受け入れたはずだった。そう感じていた。

「そんなつもりじゃなかったの」ますます俯いた紅羽の横顔は、すなまそうではあったが、声はくっきりしている。

「そう。わかったわ、椿輝さん」蜜子は敢えて、突き放すように苗字で彼女を呼んだ。そうすれば、おいおい、引っ張られてくるかもしれない。それにしても、蜜子は、ここまできて拒絶されることは考えていなかった。若干、自信過剰な蜜子の自尊心が疼く。しかし、本当の目的は彼女をそばに置くことではない。食べることだ。

紅羽がそういう性格であるからこそ、おいしい娘になれるのだ。

蜜子の本当の楽しみは、これからだ。

蜜子の薄くひんやりした手の感触を思い出し、悪いことをしたとぼんやりと思う。しかし、紅羽にとって、一番は今でも純花のままだ。

「どう、少しは落ち着いた？」

我に返り、顔を上げると、テーブルの向かいでユリーカが心配そうに紅羽を見つめていた。

彼女の執務室。紅羽はこっくりとした茶色のテーブルの上の、琥珀《こはく》色の硝子のティーカップから湯気が立つのを見つめながら、息をつき、軽く椅子に腰かけなおした。毛足の短いカーペット敷きの床は、余計な物音が立たず、足先も冷えない。

「はい、だいぶ」答えたものの、その声はほんのわずかに上ずった。

「嘘が下手」ユリーカは苦笑した。「そういう生真面目なところ、澪愛とそっくりね」

教師として生徒たちの前に現れるのとはまったく違う顔をして、ユリーカはストッキングに包まれた脚を伸ばし、くつろいでいた。

「お母さんと？」

「ええ。あなたはあの娘とよく似てる。やっぱり親子なのね」ユリーカは言いながら、紅羽の長い髪や目元、体つきを順番に見た。紅羽の制服のスカートは、母、澪愛が学生時代に穿《は》いていたものを譲り受け、なおしたものだと聞いている。ほかの生徒より少し長めでタイトなシルエットは、しとやかな紅羽によく似合う。しかし、澪愛はもっともっと女の子らしかった。

「無理をしてはだめよ、紅羽ちゃん。大切なものを失った心の痛みは、外に隠そうとすればするほど自覚してしまう。それが辛《つら》いことだって、私にはよくわかるの」

澪愛という友人を失ったユリーカ本人のことを話しているのだと、紅羽は彼女の自分を見つめる表情から感じ取った。優しいけれどとても切なげで、紅羽を見ているようでいて、もっと遠く、紅羽の知らない時間や人を見ている。

「あの日、私は澪愛を、あなたはお母さんを失った。私の大切な、生涯でただ一人の『友だち』」ユリーカは立ち上がり、自身の机に置かれた小さなアンティークの写真立てを手に取った。古いゴールドの額縁には、細やかなユリカモメの細工が施してある。

嵐が丘学園の生徒だったころの澪愛は大切にしていた星のモチーフのペンダントを首から下げて百合の花の花壇を背景に微笑んでいる。

今、窓辺から見る百合花壇は、立ち入り禁止のテープが張られ、何の花も咲かせない。

「だから、とてもうれしかったのよ。あなたがこの学園に来て、あの花壇をいっときでも蘇《よみがえ》らせてくれたこと。あそこは澪愛と私の思い出の場所だったから。澪愛を失ったとき、私の心は閉ざされた。思い出の花壇もろとも、冬の中に凍り付いてしまったみたいに」

ユリーカはゆっくりと振り返り、悲しげな紅羽に「でも」と続けた。

「でも、そこにあなたが春を届けてくれたの。もうすぐ、花でいっぱいになるはずだったのにね」

「熊が、憎い……」紅羽は無力な自分とともに、熊を恨んでいた。母や純花を殺し、食べた熊。それに抗えない、熊を破壊できない、弱々しい自分。

「ええ。熊は私たちの大切な人を奪っていく」ユリーカは写真立てを胸に抱いたまま、紅羽の向かいに座り直した。奪われて、それからどうすればいいのか、そのことばかりを考えて生きてきたと思い返しながら。

「もう一匹。熊は、もう一匹いる」紅羽は確認するように、半分はユリーカに訴えるために言った。

「え？　でも、泉乃さんを襲った熊は、百合園さんが駆除したはずじゃない？」

「違うんです！」あのとき、屋上で熊を見たとき、確かに熊は二匹いた。毛色や細かな様子までは覚えていないけれど、確かに二匹いたのだ。熊を見たこと自体が夢かもしれないとも思ったけれど、それでは理屈が合わない。

熊はまだ、学内にいる。

「私、見たんです。熊はもう一匹います。きっとまだ、学園のどこかに潜んでいるはず」

ユリーカは眉根を寄せ、写真立てを持つ手に力を込めた。短めに丸く整えた爪に塗られた清楚な薄いベージュが、肌の上を滑る涙のように艶《つや》やかに光った。

教室の隅の壁にもたれ、蜜子はかしましい生徒たちを冷ややかに眺めていた。休憩時間はいつもこうだ。皆、群れを成すが、意義のあることなど何もない。そもそも、この世界には食うものと食われるもの以外には存在しないと考えている蜜子にとって、学校とは家畜を飼育する小屋のようなものに過ぎない。

人間が牛や豚を食べるために隔離し、管理するように、学校は生徒たちをよく管理し、蜜子に食料を用意してくれる。

「本当に、よくできたシステム」それにしてもうるさくて、ほくそ笑む気すら起きないと、蜜子は腕組みした。

「百合園さん、今日のあれ、いなくなった百合川このみさんの代わりに私が議長をやるから」

いなくなった、とは言いながら、ちっとも心配する様子のない鬼山江梨子《おにやまえりこ》が、無遠慮に蜜子に顔を近づけ、話しかけた。

蜜子のストレートヘアとは対照的な緩い癖のある髪をサイドでポニーテールにしている。気の強そうな目つきと、根拠のない自信に満ちた笑顔。

「えらいわ、鬼山さん。クラスの友情はひとりひとりの自覚からよ。そのリーダーシップ、とても素敵」蜜子はにわかににっこりと微笑み、鬼山江梨子の手を取った。「強い人は美しいわ」

「百合園さん……」鬼山江梨子は頰を赤らめ、軽く身を引いた。

「蜜子でいいわ」こちらから身体を寄せ、耳元で言う。

その傲慢《ごうまん》さで、早く椿輝紅羽を排除してくれることを願い、蜜子は江梨子の手首にまで指先を伸ばした。白く柔らかな皮膚。しかし、食べるとなんの味もしない、透明な娘。

江梨子はすっかりのぼせあがって、蜜子に聞こえるかどうかぎりぎりの音量で、「蜜子」と口にした。


いくら撃っても、弾が的に命中しない。紅羽はそれでも、何発も何発も、額に汗を掻きながら撃ち続けるが、結果は変わらなかった。

「私は熊を許さない。私は熊を破壊する」自身に暗示をかけるように繰り返す言葉が、やがて記号化し、その意味がわからなくなってしまう。それでも新たに弾をこめ、紅羽は熊のかたちをした的がせりあがってくるのを見つめなおした。

「ガウぶる〜！　すっごい火薬のにおい！　遠くから銃声も聞こえる気がするし……なんか、熊撃つ気まんまんってかんじ！　怖すぎ〜」紅羽の家のごく小さな庭の茂みに隠れ、るるは右手で鼻をつまみながら、左手で自分の肩を抱いて大袈裟《おおげさ》に震えあがった。「せっかく、あのイヤ〜な百合園蜜子を出し抜いてやろうと思って来たのに、これじゃあ近づけないよ。ねえ、銀子」

銀子はるるに返事はせず、じっと、火薬や煙や茂みのみどり、夜気に混ざってほんのかすかに漂う紅羽自身のにおいを嗅ぎ分けていた。

「でも、まさか学園に私たちの正体を知るライバルグマがいたなんてね」るるはツインテールの巻き髪の先を指でくるくると遊びながら言った。

「デリシャスメル、ガウガウ……」銀子は真剣な面差しで相変わらずまっすぐ前を向いており、るるの話などほとんど耳に入っていない様子だ。

「もう、銀子ったら、全然聞いてない！　って、いつもだけど」るるは唇を尖らせる。

銀子がこれだけ夢中になる椿輝紅羽のことを、るるはいまだ、はっきりとどんな少女なのかわからずにいた。真面目な生徒であること。大きな家にひとりで住んでいること。熊を撃つために射撃をすること。純花という恋人がいたけれど、失ったこと。でも、きっととてもおいしい娘なのだろう。何せ、愛する銀子の『スキ』なのだから。


翌日の昼は晴れていて、世界史の授業は滞りなく進められていた。

女性教諭は第一回十字軍による聖地エルサレムの占領について、淡々と語りながら黒板に西暦や名前などを書き連ねていく。

紅羽はどこか上の空ながらも真面目にノートを取っていたのだが、ふと、数字を書き間違えた。文章や漢字でもないのに書き損じた自分に呆れてため息をつき、ペンケースをまさぐると、小さくなった消しゴムを取り出し、しばらくそれを見つめた。

「はい、忘れん坊さん」以前純花はにこにこしながら、新品のその消しゴムを半分に割り、紅羽に差し出してくれた。

紅羽は気恥ずかしく、うれしくて、小さく「ありがと」と言うのが精いっぱいだった。

既に半分ずつだった消しゴムは、もうずいぶん縮んでしまった。

「はい、ここのところはテストに」教師が言いかけると、お調子者のクラスメイトが「でませーん」とふざけた。にわかに教室中がくすくす笑う。教師もおかしげに「出しますよ〜」と続ける。

なごやかな教室の景色の中に、もう純花はいない。純花が座っていた席は空いていて、それはもう、教室そのものが、がらんとしてしまっているようなものだった。

紅羽は消しゴムをペンケースに戻し、間違ったところを無理矢理に上から書き足して訂正した。それから、別の消しゴムを買って、そちらを使おうと思った。

純花のことが、あっという間に忘れ去られていくようで恐ろしい。純花のいない教室は、ただただ時間が過ぎ去っていく。今、世界中の人間の中で、純花を思い出しているのは自分だけなのではないか。

純花の不在で、紅羽の喉元はずっと塞いでいる。それなのに、時間はどんどん過ぎていき、紅羽もきっと、そのうちに楽に呼吸ができるように戻るのだろう。

時間はすべてを洗い流していくのだろうか。幸福だったことも辛かったことも、記憶はしていても、その生々しい感触は薄らいでいってしまう。

紅羽は、自分もいつか『スキ』を忘れて『透明』になってしまうのかと思い至ってゾッとした。それはきっと、紅羽が紅羽でなくなってしまうことと同義だ。

教室にいたくはないし、いる必要もない。

昼休み、紅羽はかつて純花とよく過ごした屋上へ行き、陽光で温まったアスファルトに座り、両脚をぐんと伸ばした。

半分にした、純花のぶんのちくわパンを隣に置き、食欲がないながらも黙々ともう半分を食べる。

「お母さんの花壇？」純花は小首を傾げた。

「うん、お母さんがこの学園の生徒だったころ、大切な友だちと作ったんだって」紅羽は次々と芽を出している百合を見渡して微笑んだ。

「ふうん、それで『スキ』なんだね」純花は紅羽の隣に、紅羽と同じようにしゃがみこんで微笑んだ。

「うん。もう一度、ここを花でいっぱいにしたくて。ずっと、この学園に入るって決めてたの、制服にも憧れてたし。スカート、お母さんのおさがりなんだ」

「そっか。紅羽ちゃんには、そのスカート、大人っぽくてよく似合ってるよ」純花はたくさんの芽がほころんでいくのを想像してふふふ、と笑った。「紅羽ちゃん、あきらめなかったもんね」

「うん」紅羽は気恥ずかしいような誇らしいような気持ちで答えた。

「大切なお母さんの花壇。紅羽ちゃんの『スキ』かあ」

「私の、『スキ』？」

「そう。『スキ』。だから、私もあきらめないよ。紅羽ちゃんは、私の大切な『スキ』だから」

純花は顔を赤くしながらも、紅羽の目に目を合わせ、微笑んだ。

現在の花壇は、立ち入り禁止のテープが張られたままになっているし、中は荒れたまま、枯れた花や茎が踏まれ、土もところどころ掘り返されたようになって乱れている。

紅羽はその前に立ち花壇をじっと見つめながら、自分は『スキ』を忘れたりしないと誓った。絶対にあきらめないし、忘れて嵐に巻き込まれたりしない。

『透明』になど、なるものか。

そのころ、教室でそれぞれグループになって弁当を開いているクラスメイトたちの前に、鬼山江梨子が立った。教壇にどんと手を置いた彼女はすう、と息を吸い込み、大きな声ではっきりと、宣言するように言った。

「私たちは『透明な存在』であらねばなりません。そのためには、この儀式が必要不可欠です。それでは、『排除の儀』を始めましょう」

蜜子は自分の席からその様子を見つめていた。熱すぎず、冷えすぎない視線で、その話しぶりに感心すらしながら。

「『友だち』は何よりも大切ですよね。今、この教室にいる『私たち』、それが『友だち』です。そんな『私たち』の気持ちを否定する人って、最低ですよね」

教室中が箸《はし》を止め、じっと江梨子の話に耳を傾けている。

「『私たち』から浮いてるひとって、だめですよね。『私たち』の色に染まらない人は迷惑で邪魔ですよね。そういう、空気を読めない人は『悪』です」江梨子はとりわけ意識して、きっぱりと言い切った。「泉乃純花さんはそのせいで熊にやられてしまいました。仕方ありませんよね、彼女は『悪』だったのですから。そうなれば、私たちは次に『排除』すべき『悪』を決めねばなりません」

教室がしんと静まり返る。皆、いつの間にか自らの携帯電話を手にして、その画面に見入っている。

「レッツ・サーチ・イーヴル！」

江梨子の合図で、皆の携帯電話の画面には、生きているクラスメイトすべての名前がスロットマシーンのリールのようにシャッフルされ始めた。それを見つめながら、生徒たちはそれぞれ、画面に触れる。すると、ドラムロールが流れ始め、『排除』の対象者の名前が浮かび上がる。

「悪＝椿輝紅羽」

蜜子は予想通りの動きに、画面を見ながらにやりと笑った。ついにこの時が来た。椿輝紅羽が決定的に食べごろになる。蜜子は紅羽を食べる瞬間を想像し、心の中でひっそりと舌なめずりをした。

教室の外、広い廊下の隅に座り込んで中の様子を聞きながら、銀子とるるは赤い目を光らせ、ゴリゴリゴリと歯ぎしりをしていた。

夕方、学校から戻った紅羽は、自室でオルゴールを聴いていた。蓋の裏に貼り付けてある、幼い紅羽と澪愛の写真。

紅羽はベッドに横たわり、今とは違って、直接、母と笑い合っていた時間を思い返す。

「紅羽、今日も『お友だち』と仲良くできた？」そのころ、澪愛と紅羽はよく、紅羽のベッドに並んで腰かけて、その日あったことを話し合っていた。

「うん。お母さんの言った通りだった！　あの娘とまた会えたよ」紅羽はオルゴールを膝に抱え、嬉しそうに母を見た。

「そう、良かったわね」澪愛はおっとりと微笑んだ。

紅羽は澪愛によく似ているが、澪愛のほうがどこか儚《はかな》げで柔らかい。澪愛は紅羽の憧《あこが》れでもあった。

「紅羽はあの娘のことが『大スキ』なのね」

「うん。あの娘は大切な『友だち』だもん」

「そうね」母はしばし間を置いて続けた。「ねえ、紅羽。『スキ』を忘れなければ、紅羽はいつだって独りじゃないのよ。それを覚えておいてね」

紅羽には、母がとても大切なことを自分に伝えようとしていることが感じ取れた。神妙な顔をして、その優しげな眼差しと目を合わせる。

「そうよ。『スキ』を忘れなければ、私は決して独りじゃない」母を失った紅羽は、その言葉を強く記憶している。母が紅羽に伝えてくれたことは、いつだって、紅羽に信念を貫き通す、あきらめない力を与えてくれるのだ。

母の言葉の通りに、紅羽は育った。そして、百合の花壇を植えなおし、純花と出会った。

半年前、紅羽と純花が仲良くなったばかりのころだった。紅羽はひとり、台所で小さなテレビに見入っていた。夕食も済ませ、普段着でくつろいでいた紅羽は、窓の外の様子から不安に駆られていた。

「ただいま、首都圏全域に暴風大雨洪水警報が発令されています。猛烈な雨と風です。えー、一部地域では避難勧告も出された模様です。当該地域にお住いのみなさんは、えー、各自治体の指示に従って速やかに非難してください。それでは、えー、各地の詳しい状況をお伝えいたします」少し高揚して早口になっているアナウンサーの言葉。

「花壇が……」つぶやいて、逡巡《しゅんじゅん》したが、紅羽は着替え、黄色い雨合羽に身を包み、学校へ出かけた。

顔に雨のつぶてが当たり、冷たいし視界も悪い。ところどころにある電光掲示板には、そのときは熊警報ではなく、暴風大雨洪水警報の文字が点滅していた。

大きな校門まで辿り着くと、それに摑まって、紅羽は下を向き、呼吸を整えた。ほんのしばらく歩くだけでも一苦労だ。長靴の中にもすっかり水が溜まり、靴はもはや意味を成していない。

裏庭の花壇まで、あと少しだ。嵐が丘学園の敷地内は、道路よりきれいに舗装され、風で飛んでくるものもない。

外灯を頼りに歩き出す。まるで、学校が学校ではないみたいだ。

紅羽とよく似た黄色い雨合羽姿が見えたとき、紅羽は目を丸くした。その人物は、大きなブルーの防水シートで花壇を覆おうとしていた。しかし、強い風に煽られ、濡れた土が合羽に飛び、シートも翻ってしまっている。

「紅羽ちゃん……！」冷えて汚れたその柔らかな手にそうっと少しだけ大きな手を重ねると、純花は驚いて振り返った。

こんなに近くにいるのに、風のぼうぼういう音で声もわずかにしか聞き取れない。

紅羽は純花と目を合わせて頷くと、隣に並んで防水シートをおさえ、四隅にレンガを積んで固定した。

暖炉の火は部屋の隅々まで包むように暖かくしてくれる。

紅羽はひとりになってから、手入れこそするもののあまり使わなくなっていたリビングの暖炉に、この日、久しぶりに火を灯した。

紅羽も純花も、びしょ濡れになった雨合羽や衣服をすっかり脱いで、ソファや椅子の背にかけ、きれいに身体を拭いて、暖炉の前に並んで座った。寄り添って包まっている毛布の柔らかさが肌に心地よく、疲れから、ゆったりとした眠気が襲ってくる。

「寒くない？」紅羽は純花に尋ねた。

「大丈夫だよ、紅羽ちゃん」

「ありがとう、純花。私と『友だち』でいてくれて」紅羽は急に照れくさくなり、ぽつりと言った。

「うん。私も、ありがとう」純花はおっとりと微笑んで、温まって赤く染まった頬を、ますます赤くした。

ふたりはすっかり親密な様子で、互いに気を許し、隣り合ったその肌に自分の肌が触れることを、気にしないどころか、うれしいと感じていた。相手を信じられると確信できたし、確信した自分すらいとおしく感じられる、本当の『友だち』になった夜だった。

今、目を開けると、そこにはもう純花はいない。

紅羽はしばしベッドの上で呆然としたが、やがて身体を起こし、その目を強く輝かせた。

「私は『スキ』をあきらめない」視線の先には猟銃が置いてある。

同じとき、百合園蜜子は夕刻の橙の空に灰色が混ざっていくのを、学園の廊下の窓から見た。

しかし、特に何も思うことなく歩き、階段を上がっていく。

生きるということは、絶えず何かを忘れ、あきらめ、捨てていくということだと、蜜子は考えていた。潔くその新陳代謝を行えないものから滅びていく。それは、『友だち』についても同じことだ。獣、動物が過去に生きることはない。あるのは今、このときの感情と欲望。空気がすべてだ。

上がった先は屋上へのドアだった。蜜子は勢いよく扉を開けると、真っ直ぐな髪を風になびかせた。閉じられた世界の秩序は、『透明な者たち』が決めるようにできているのだと、ひっそりと笑いながら。


携帯電話の鳴る音にハッとした紅羽は、ある予感とともに電話を手に取り、「はい」と応えた。

「あなたの『スキ』は本物?」

「本物よ」予想通りの相手からの問いに、紅羽は決然と答え、銃を見つめた。

「これは『断絶の壁』からの挑戦です。椿輝紅羽。あなたの『スキ』が本物なら、学園の屋上へ行くがいい。熊があなたを待っている」

紅羽は返事をしないまま聞きながら、立ち上がり、銃を手に部屋を出た。

「熊にその身を委ねれば、あなたの『スキ』は承認される」

階下に下り、玄関を出ると、空には灰色の雲が渦を巻いていた。

私は熊を許さない。私は熊を破壊する。心の中で改めて言いながら、紅羽は電話を切った。

熊警報発令以降、嵐が丘学園では部活動はほとんど行われていない。既に生徒たちの影のない校舎は、生ぬるい空気の中、奇妙な威圧感を漂わせていた。意を決して中に入ると、紅羽は踏みしめるように階段を上がり、ドアの開いたままの屋上へ出た。

「百合園さん……？」紅羽は構えていた銃口を下ろした。

「待っていたわ、椿輝紅羽」

「どうしてここに？」蜜子を心の底から信じていたと言うわけではないが、少なくともあの謎の電話と関わりがあるとは思っていなかった。紅羽は鼓動が早くなるのを感じ、意識して深く息を吐いた。

「あなたを、食べるためよ」蜜子は静かに答えた。

椿輝紅羽は『排除の儀』により、透明でないはぐれ者になった。純花と同じく、誰よりおいしい娘になったのだ。

「いいことを教えてあげる。あなたの大好きな泉乃純花を食べたのは私、百合園蜜子。私は熊よ」蜜子は口元だけにうっすらと笑みを浮かべた。

「何を、言ってるの？」

「信じられないでしょうけど、私は熊なの。人に化けた状態の熊、と言ったほうが正確ね」

「人に化けた、熊……」熊にそんな能力があることなど、知らなかった。つまり、食べると言うのは本当に、文字通りなのか。

「私が撃ち殺した熊、百合川このみもそう」

「百合川さん？　だって彼女はあなたの……」とても仲の良い友人だと思っていた。ふたりでいるところはよく目にしていたし、特に百合川このみはいつも楽しげであった。仮に彼女も熊だったとしても、それならばなぜ、仲間同士、友人同士で撃ち殺すなどということになるのか。

「『友だち』のはずなのに？　そうだったかもしれないわね。私の言うことを聞いているうちは」

紅羽は驚いて目を見開き、銃を構えなおすことも忘れた。

「ねえ、知ってる？『友だち』を選ぶときに大事なことはたったひとつ。その娘が自分より少しだけ劣っているってことだけ。そうすれば、支配できるわ」蜜子はにっこりと笑った。「信じられないって顔ね。仕方ないわ、私が熊だって証拠を見せてあげる」

蜜子は、制服のジャケットの内ポケットから、それを取り出して見せた。

「それ、純花の……！」蜜子の手元から距離があっても、曇っていて薄暗くてもすぐにわかる、いつも目にしていた、純花に似合うと思っていた丸いレンズでフレームの細い眼鏡。

「ええ、これで信じてもらえた？」蜜子は急に、堪《こら》えきれないと言った風に、うふふふ、と笑い始めた。「あの娘ったらおかしいの、自分が今食べられてるっていうのに、あなたの心配ばかりして！」
くすくす笑いはどんどん大きくなった。純花のことも、紅羽のことも嘲《あざけ》っているかのような
その声は、紅羽をますます混乱させた。
「ごめんね、紅羽ちゃん、紅羽ちゃんの『スキ』……お母さんの花壇、なおしてあげられない
よ。あきらめないって、約束したのに」蜜子は純花のフレームの歪んだ眼鏡をかけ、声真似《まね》を
始めた。「紅羽ちゃん、ごめんね、ごめんね。ごめんね」
蜜子はやがて表情まで悲しげに作って、紅羽を見た。
「紅羽ちゃん、『大スキ』だよ……」大袈裟な物真似は、純花の甘い声を馬鹿にしているよう
だった。
紅羽は戸惑いや恐れがすべて怒りに変わっていくのを感じた。全身がみるみる熱くなってい
く。
純花はそんな風ではない。もっとかわいらしくて、もっと美しい声で、もっと健気な様子で
華奢で真摯《しんし》で、誠実で真面目で、もっと、もっと心根が透けて見えそうなほど真っ直ぐに紅羽
を見つめて、『スキ』でいてくれた。
紅羽は素早く銃を数発、発射した。銃声はすぐさま、空に飲み込まれていく、
あまりのことに眉間に深い皺《しわ》を寄せ、肩で息をしている紅羽の前で、蜜子は澄ました顔で立

っていた。

「あなたに私は撃てないわ」純花の眼鏡をはずし、アスファルトに放り投げる。「だから、私はあなたが『スキ』なの。怒りに燃えたその目、素敵だわ。とってもいい、感じる。あなたの中で血が煮えたぎってる。におうのよ、もうたまらなくにおうの。ねえ、もっと怒って見せてよ」蜜子は頬を紅潮させ、うっとりと紅羽を見つめながら、真っ青な顔で自分を睨みつけている紅羽に近づいていった。

「私は、熊を、許さない。私は熊を、破壊する」やはり、銃を持つ手がかすかに震えてしまう。そのことを蜜子に勘付かれたくないけれど、きっと、もう遅い。

「言ったでしょう。あなたに私は殺せない」

一度でも、笑い合った人。化けていたとしても、人として関わった相手。それが、だんだんと、熊の耳が生え、小さくなって、体中が毛に覆われ、手足も獣のそれになっていく。

「嘘！　こんなこと、あり得ない」

熊が人に化けていたなんて、今、まさに目撃していても信じられない。クラスメイトだと思っていたものを、紅羽ははっきりと「撃ち殺してやる」と思い切ることができない。

「あなたは甘いにおいがする。良い娘だわ」小さな熊の姿が間近に迫る。

紅羽は思い切って発砲した。しかし、きちんとスコープを覗き、狙いを定めているはずなのに、やはり、弾はことごとくはずれていく。

「大丈夫。食べちゃった泉乃純花に代わって、私があなたを愛してあげるわ。骨の髄まで」

熊になった蜜子は、大きく吠えて紅羽にとびかかった。

食われる。そう思ってぎゅっと目を閉じた瞬間、紅羽はまた、あの、夢か現《うつつ》かわからない、境目の場所へ落下を始めた。


銀子たちは毎夜、学園の敷地内のあらゆる場所で夜を明かしていた。ある時は屋上、ある時は裏庭の茂みの中。体育倉庫、保健室。今日は、立派なチャペルの陰で身を寄せ合っていた。

ゴリゴリと歯ぎしりをしながら、らんらんと目を赤く光らせる銀子の小さな背をみながら、るるはひとりごちた。

「るるね、銀子に会ったあの日のこと、絶対忘れないよ。銀子が私の『スキ』を見つけてくれた。届けてくれた。だから、るるは何があっても、銀子を……るるの『スキ』をあきらめないよ」言い終えたるるの瞳も、銀子同様、あやしく光りはじめる。

「裁きの時がきた」

るるは銀子の隣に、彼女にくっつくように座り込む。

「食べたい！　今すぐ、あの娘を食べた――――い！」

　ふたりの叫びに応えるように「開廷」の声が響く。

　ジャッジメンズに囲まれるように、銀子とるるは被告人席に就いた。

　ライフ・セクシーはいつものようにゆったりと微笑み、結った髪をなびかせながら前口上を始める。

「扉が開かれました。生きとし生けるものすべて。そう、人と熊の彼岸もここなのです。今こそ裁きましょう。人と熊のために。私はライフ・セクシー」

「私はライフ・クール」

「僕はライフ・ビューティー。キラキラァ……」

「それでは、ユリ裁判を始めます！」セクシーは審議開始の木槌を打った。

　銀子はいつものように静かに前を向いてはおられず、焦《じ》れた様子で身を乗り出した。

「裁判長！　今すぐ『ユリ承認』を！」いつになく大きな銀子の声が『断絶のコート』に反響する。

　ライフ・セクシーは両の眉を不思議そうにあげて見せた。

「椿輝紅羽を助けたい、ガウガウッ……！」

「椿輝紅羽を助ける？　何を言っているんだ。きみたちは熊だぞ」ライフ・クールは呆れながら、眼鏡をくいとあげた。

「ガウウ〜、私たち、人食べます！　食べなきゃ、銀子の『スキ』が守れないから……」

「自ら罪を認めると言うわけですか。フン、なんてクール」

「はいはいはい！」そこで、ライフ・ビューティーが挙手した。「異議あり！　熊にとって人を食べることは罪ではありません。キラキラァ……」

クールとビューティーは目を合わせる。クールはビューティーを睨みつけ、ビューティーは肩をすくめて笑みを返した。

「早く判決を！　今じゃなきゃ、だめなんだ！」銀子はクールもビューティーもさしおいて、ライフ・セクシーに訴えた。

「ふむ。なるほど。それがセクシー、シャバダドゥ。では、被告グマに問います」

「えっ？」クールが素《す》っ頓狂《とんきょう》な声を上げた。ビューティーもぽかんとしている。

「あなたは透明になりますか？　それとも、人間食べますか？」

「人間」力強く返す。るるもそれに続き、「食べます！」と叫び、ぴょんぴょんと跳ねた。

「では、判決を言い渡します」しばしの間を置き、ライフ・セクシーは力強く木槌を打った。

「ユリ、承認！」

「ユリぃ――――しょおおおにいいいいいいん！」

熊と人のあいだの姿に変身した銀子とるるは、いつものように裁判所の奥へ奥へと向かった。最奥にいるはずの、銀子の『スキ』を目指して。

「私は『スキ』をあきらめない。あの娘を食べる！」

「銀子の『スキ』を叶えることが、るるの『スキ』」

私たちは、『スキ』をあきらめない。

どこからか聞こえてきた声に、紅羽は目を覚まし、そうっと瞼を持ち上げた。

「ここは？」紅羽は裸で、猟銃を抱くように持ってそこにいた。起き上がると、眠っていたのはベッドではなく、真っ赤な椿の花びらの敷き詰められた、ふかふかした台だとわかる。椿の絨毯は天井近くまで続いている。

あたりを見渡すが、赤いばかりで紅羽の白いシャツも、スカートも見当たらない。

紅羽は困惑して、裸の身体を自分の腕で覆うように抱いた。

自分がここで何をしているのか、なぜ、裸なのか。すっかりわかっているようでいて、何も思い出せない。大騒ぎするほど怖かったり、寒かったり、焦る気持ちは湧《わ》いてこないけれど、だからと言ってどうやってここから動き、もといた場所へ戻ればいいのかを知らない。

紅羽は脚を折りたたんで小さく座り、膝がしらに額をつけて目を閉じた。

こんなところでひとり、猟銃は、なんの役にも立ちやしない。

「きゃ！」不意に頬を舐め上げられ、紅羽は肩をすくめた。驚いて顔を上げると、銀子がすぐそばで、紅羽の顔を覗き込むように立っていた。

「大丈夫だよっ」咄嗟に銃を摑んだ紅羽の手にひんやりとした小さな手を添えたのはるるだった。

「どうして……」不思議と不愉快ではなかった。理解できないことを、受け入れかけていた。そうしなければ、見えないものがあるのかもしれない。

「紅羽は『スキ』をあきらめない。ガウガウ」反対から、銀子がささやく。至近距離からの声が首筋に響き、ぞくりとする。

「ガウウ〜、『スキ』だけが、この世界を変えられる」るるは小さく頷いた。

「私の『スキ』？」しかし、紅羽のスキは損なわれてしまった。大切な母も、愛した純花も、あれほど『スキ』だったのに、もういないのだ。

「そう。『スキ』」銀子は声のない声でうっとりと言うと、紅羽の長い髪を指先で搔き上げ、鎖骨から首筋をぺろりと舐めた。

「『スキ』」るるもぺろぺろと、その丸く艶やかな肩を舐める。

「少しざらざらするけど、温かくて気持ちいい。この感触、前にどこかで……」ゆるゆると身体の力が抜けていき、やがて紅羽は、瞼を閉じてしまう。

ゆっくりと寝台に身を任せるにつれ、その胸元から真っ白な百合の花が芽生え、蕾をつけ、花開いていく。

「さあ、紅羽」銀子とるるは、両頬にそれぞれうやうやしくくちづけをした。それから、銃を持つ彼女の手を支えるように、しっかりとその手を握る。

紅羽が銃を構えると、いつだってその手はかすかに震えていた。銃が、その口を向けた相手を殺す道具だとわかっていたからだ。殺すことと破壊することの違いはなんだろうか。何にせよ、紅羽はそのときはっきりと、相手の死を感じ取ったのだった。

「震えが止まった」紅羽は現に戻りつつあった。飛び上がり、襲い掛かってくる熊。百合園蜜子。それを目の前にして、紅羽は改めて、銃を構えたのだった。

「約束のキスを私に！」照準がぴたりと合い、両肩から腕がしっかりとそれを支え、確かなものにする。集中している自分の穏やかな呼吸の音だけが体内に響き、迷いなく指先が動く。

紅羽が撃った弾は、見事に蜜子の胸に命中したようだった。短い悲鳴とともに地面に落ち、転がった熊。

「わ、私……」紅羽はその場に座り込み、火薬臭い自分の銃の口を見た。香ばしい白い煙が上がっている。「殺してしまった、百合園さんを……」

熊は確かに、蜜子と同じ髪飾りをつけていたし、目の前で変化もして見せた。それでも、熊が人に化けていたなどということが、まだ理解しきれない。

紅羽は集中が途切れると同時に、意識を失い、その場にくずおれた。

「おっと」るるは気絶した紅羽の手から手放された銃をさっとキャッチした。

銀子は紅羽の身体を抱きとめ、その白い額の冷や汗を手のひらで拭った。

もうじき、夕暮れから夜に切り替わる、橙と白と青と桃色と、濃紺色の混ざり合った空。

「友だち」銀子は小さく言い、紅羽の汗と甘いにおいが混ざり合って夜気に溶けていくのを感じていた。


その夜、裏庭の花壇のすぐ脇、鬼山江梨子は冷めた様子で、意地悪そうに吊《つ》り上がった目を細めて銀子とるるを順番に見た。無造作なサイドテールが揺れる。

「それで、こんな時間に私に用事って？『排除の儀』のことなら、あなたたちはまだ参加できないわよ。『透明な嵐』に加わらないと『友だち』じゃないから」

「いらない、ガウ……」銀子は静かに言った。

「ガウ～、その代わり、るるたちが鬼山さんにいいこと教えてあげるねっ」るるは銀子より前に出てにっこりと笑った。

「いいこと？」鬼山江梨子は腰に手を当て、不審そうにふたりを見た。

「ねえ、行方不明の『お友だち』って、どこにいると思う？」るるはいつにも増して邪気のない声で尋ねる。

「行方不明って……熊の件で……？」

「そこ」銀子は鬼山江梨子の足元のすぐ近く、花壇の横の茂みを指差した。湿った土が少し盛り上がり、湿気で黒々と光って、独特の香りがする。

「え？」

鬼山江梨子はさっぱり意味がわからず、指の差されたほうをじっと見た。茂みの手前、土の中から、行方知れずのクラスメイトがいつも身に着けていた、赤いカチューシャが見えている。恐る恐る、それに近づき、拾い上げる。すると、ほんのりとおかしなにおいがした。

「キシシ。食べたけど、お腹いっぱいになっちゃったから残したぶんを、そこに埋めてあげたの。るるたち、優しいでしょ？」

「ど、どういうこと？　食べたって……。このにおい……」吐き気がする、いやなにおいだ。

銀子とるるは、にわかに歯ぎしりを始め、目を赤く光らせた。

外灯の下、影で光るふたりの目に、鬼山江梨子は後ずさった。

「あのとき、見つかった遺体は泉乃純花じゃ……」

「だからあ、私と銀子はおりこうさんだから、食べ残しはちゃあんと片づけたんだよ」るるは甲高《かんだか》い声でくすくすと笑った。

「食べ残し……どうして私にそんなこと教えるの?」鬼山江梨子は真っ青になり、その場にへたり込んだ。

「ガウ〜、だってそれは……」

「これから、きみを食べるから」銀子は容赦なく冷たい、野生の熊の瞳で言い放った。

鬼山江梨子は、悲鳴を上げる間もなかった。

4

『断絶のコート』は、常にそこにありながら、常にないのと同様である。ライフ・セクシーは熊の姿で裁判官机の上に乗り、もこもこした脚を組み、熊姿でもなお、リボンで結わかれた長い髪をばさりと揺らした。

「ようこそ、『断絶のコート』へ。私たちはジャッジメンズ」ライフ・セクシーはころりと机に寝そべり、身体《からだ》を反《そ》らせた。「私はライフ・セクシー」

「私はライフ・クール」もたもたと机に上がりながら、熊姿のクールは眼鏡《めがね》をぐいと上げた。

「僕はライフ・ビューティー。キラキラァ……」熊姿のビューティーはひとり、天井のどこからかゴンドラに乗って机の上に下りてくる。

「さて、本日、裁判はお休みです。そこでみなさんに、ためになる話をひとつ、お聞かせしましょう」

「裁判長！」クールがもこもこした手を必死に挙げる。「まさか、今日はこの姿でやるのですか？　いくら裁判でないとはいえ、これはちょっと……」

「うふ。僕ってかわいすぎるよねえ。キラキラァ……。だから、よくない？」ビューティーは気楽な調子でクールに笑いかける。

「いや、あまり、クールじゃないから……」

「かわいいよ、クールだって。まあ、僕ほどじゃないけど」

セクシーは熊姿用の小ぶりな木槌《きづち》をコンコン、と打ち「静粛に」とつぶやいた。セクシーのもう片方の手元には、一冊の絵本が置いてある。

「『キスをあきらめたお姫様』。これが今日のお話?」ビューティーが小首を傾げる。

「どこかで聞いたようなタイトルだ」クールは熊の姿であっても、いかにもクールぶって顎《あご》をつんとあげて見せた。

「それでは、始めようか。それがセクシー、シャバダドゥ」セクシーは言いながら、ゆっくりと絵本を開いた。そこには、広大な森の中に建つ大きな城の絵が描かれていた。

昔々、まだ『断絶の壁』が人と熊を隔てるよりもずっと前。ある森の中に熊の王国があった。王国にはとても美しい王女がおり、その名をるると言った。

王と妃《きさき》のたったひとりの愛娘《まなむすめ》。それがるる。つまり、るる姫は王国の跡継ぎ、次期女王だった。

四歳のるる姫は、いつも、薄く美しく丈夫な光る生地を重ねあわせて作られた豪奢《ごうしゃ》なドレスに身を包み、美しい巻き毛を結って、澄まし顔で侍女たちをかしずかせていた。部屋には両親や貴族たちからの贈り物が山と積まれ、彼女はすべてを開封するのにも、それ専用の召使いが必要なほどだった。

生まれながらの王女であり、美しいるるは皆を魅了し、愛され、許されていた。

「まあ、新しいドレスも本当にお似合いですわ。なんてお可愛《かわい》らしい。るる姫様こそ、この国の宝です」侍女の一人が甲高《かんだか》い声を上げる。

「どんな真珠や宝石も、るる姫様の輝きにはかないませんわ」ほかの侍女がそれに続く。

「わたくしたち、こんなに美しいるる姫様にお仕えできて、本当に幸せでございます」

るるは侍女たちがほめそやすことを当然とばかりに、顔色一つ変えずに、大きな椅子に腰かけ、ふわりと広がったドレスの裾の中で、細い脚をばたつかせていた。

顔にベールをかけた侍女たちは皆、同じ顔に見えていたし、その口元がにんまりと笑うのは、るるにとってはつまらぬ日常の一コマに過ぎなかった。

「こちらの贈り物はどういたしましょう」

「次はこのお靴をお召しになって」

「王様もお妃様もきっと喜ばれますわ」

それはまるで壊れたスピーカーのようだったが、るるは一方で満足でもあった。大切にされ、注目を集めること。美しく着飾り、澄ましていることこそが、王女の仕事だと錯覚していた。

るるは実際、国で一番の存在だった。

好きなときに、国一番のおいしい蜂蜜《はちみつ》を好きなだけ舐《な》めながら、るるは侍女たちに言い放った。

「デザイアー。世界は私に飢えている。パンがなければ蜂蜜を食べればいいのよ」

それに異を唱えるものなど、熊の国にはひとりもいなかった。

そんなある夜、惑星クマリア流星群が地球に降り注いだ。城の自室のバルコニーから、るるはその星々を見上げた。

宇宙の彼方で砕け散った、惑星クマリアの欠片《かけら》。

やがて、息を切らした侍女たちがるるの部屋に飛び込んできた。

「るる姫様！」

「お喜びください！　たった今、王妃様が男の子をお産みになりました！　るる姫様に弟君がおできになったのですよ！」

「王様もお妃様も、ことのほかお喜びでございます！」

誰が誰やらわからない侍女たちがまくしたてた事実に、るるは驚いて目を見開いた。

星の降り注いでいた空には、いつの間にか黒々とした雲が垂れ込めて、雨のにおいと稲光で、るるの部屋を満たした。

その日から、るる姫は一番ではなくなってしまった。

るるも、あの夜、産まれた弟のみるんも、不自由なく育っていった。しかし、一番でないるるは、バルコニーから、広い芝生《しばふ》の庭で侍女たちに囲まれ、笑いながら遊んでいるみるんを眺めることしかできなかった。

かつてはるるにつき従い、いつでも世辞を言っていた侍女たちが、今はみるんに夢中だ。

「まあまあ、みるん様、転んでしまいますわ、お気をつけて」

「みるん様はなんて可愛らしいのかしら」

「わたくしたち、こんな王子様にお仕えできて幸せだわ」

みるんが世界に現れてから、城中、国中のものたちが、幼い王子に夢中になった。

贈り物も愛の言葉も笑顔も、何もかもがみるんの元へ行き、るるの元を去ってしまった。るる姫は次期女王でもなくなり、すっかりいらない王女になってしまった。

るるのそばにいるのは、大きな一匹の蜜蜂だけ。しかし、蜜蜂は蝿《はえ》のようにるるのまわりを飛びながら、その鋭い針を刺す獲物を探すばかりで、るるの心を癒《いや》す気などこれっぽっちもないのだった。

「あいつが悪いんだわ」るるはあどけない笑顔で庭を走るみるん王子をじっと見つめた。「あいつ、邪魔邪魔ジャマーだわ」

　その夜、るるの部屋のバルコニーで、るるとみるんは並んで星空を眺めていた。むろん、みるん王子は姉に嫌われているとは夢にも思わず、無邪気で美しい、るるによく似た笑顔を彼女に向けた。

「ねえ、おねえたま。本物の『スキ』はお星さまになるって本当？」小さな手足、人のよさそうな眉《まゆ》。るると同じ、栗色《くりいろ》の巻き毛。

「だれに聞いたの？」るるはつまらなそうに答えた。

「おかあたま。おかあたまは、毎日僕に絵本を読んでくださるんだ」

「そう」るるはため息をついた。まったく嫌みったらしい弟だと思いながら。

「ねえ、お星さまになるって本当？　ねえねえ、本当？」みるんは答えを急いでぴょんぴょんと飛び上がり、るるの視界の端に巻き毛をちらちらさせた。

「本当よ。本物の『スキ』は天に昇ってお星さまになるのよ」るるは鬱陶《うっとう》しさを隠しきれないまま、昔、るるも読んでもらった覚えのある物語通りに答えた。

「あ！　流れ星！」幼いみるんは見るものすべてに全力で興味を示し、大好きな姉のるるにも、それを教えようと常に懸命で、そのことが、かえってるるを苛立《いらだ》たせた。「ねえ、流れ星！　見た？　おねえたま！」

「そして、流れ星になって地上に落ちたお星さまは『約束のキス』になるのです。な～んて、フンだ。『スキ』が『キス』になるなんて、馬鹿《ばか》みたいな昔話ガウ～ッ」るるは石造りのバルコニーの柵《さく》に肘《ひじ》をつき、顎を乗せて唇を尖らせた。ゴツゴツとした石の感触が肘に痛い。

「じゃあ、『約束のキス』は、キラキラお星さまの色をしてるんだ」みるんは大きな瞳を輝かせた。

「そうかもね」るるは適当に相槌《あいづち》を打った。

「う～ん。じゃあ、じゃあ、僕がおねえたまに『約束のキス』を取ってきてあげる！」

「え？」

「僕はおねえたまが『大スキ』だから、今の流れ星は僕の『スキ』なんだもん。きっとどこかに落ちてるよ！」みるんはまたも、うれしそうにぴょんぴょんと跳ねた。

るるはあまりに夢想家な弟の言うことに呆《あき》れたが、同時に、目の前の邪魔な弟を消してしまう方法を閃《ひらめ》いた。

「そう。そうね。じゃあ、取ってきて」るるはにやりと笑った。

城の外、美しい野原にいても、るるの気分は晴れない。

「ねえ、みるん。みるんはお姉さまのことが好き？」るるは芝生に腰かけて尋《たず》ねる。

「うん、『大スキ』！　おねえたま、キスして」みるんはにこにこと、何の疑いもなくるるに顔を近づける。

「『約束のキス』をとってきたら、してあげるわ」るるはしたり顔で言う。

みるんは素直に「うん」と答え、るるの言うがまま、用意された小さな箱にすっぽりと収まる。

「その中にあるはずよ、よーく探して」るるはそう言いながら、箱の側面に『愛』と書いた紙を貼った。それから、箱に封をして、美しい靴を履いたその足で、すぐ向こうに見える崖《がけ》まで、それを蹴り飛ばした。

「死ね！」

小さな箱はころりころりと転がって、崖の向こうに落ちていく。るるは小走りでそれを見に行き、落ちていく『愛』を確認すると、額《ひたい》の汗を拭《ぬぐ》った。

「デザイアー。これでまた、私が一番になれる」これで、何もかもが、みるんが生まれる前に戻る。

ひとり、城へ戻ると、るるはホッと息をつき、ドレスを引きずってバルコニーに立った。

「ただいま、おねえたま！」

声に驚いて振り向くと、そこには豪華な衣装が破れ、巻き毛が乱れ、頬《ほお》に傷を作ったみるんが立っていた。

「はい、『約束のキス』だよ！」心からの笑顔をるるに向けた彼の手には、美しく甘い香りの蜂蜜がたっぷりと入った壺《つぼ》が持たれていた。「きらきら光って、お星さまと同じ色でしょ？」

るるは顔を青くし、息をのみながらそれに近づいた。黄金色の蜂蜜は、確かに夜空に光る星々と同じ色だ。

「こ、こんなの、ただの蜂蜜じゃない」砂埃《すなぼこり》に汚れたみるんが、何を考えているのか、るるにはわからなかった。

「おねえたま、約束だよ。キスして」みるんが笑顔を曇《くも》らせることはない。

「イライラ、いらなーい！」るるはパッとみるんから壺を奪うと、バルコニーに身を乗り出して、遠く森の中に届くように、それを投げ捨ててしまった。

るるが欲しいのは、本当は『約束のキス』などではないし、ましてや蜂蜜でもない。みるんのいない世界。るるが一番、愛され、大切にされ、必要とされる生活だ。

みるんは少し残念そうにしていたが、すぐに気を取り直した様子で「そっか」と寂《さび》しげにつぶやくだけだった。

るるはそれからも何度も、みるんに『約束のキス』を取ってくるように命じた。みるんは大好きな姉に言われるがままに、何度でも白い箱に入った。そして、あるときは蟻地獄《ありじごく》の中心へ転がっていき、ある時は火山口に落とされ、ある時は大波にのまれ、雷にも打たれた。

「今度こそ、確実にデザイアー」そのたびに、るるはそうつぶやいた。

しかし、みるん王子は死ななかった。それどころか、よりいっそうまばゆい笑顔を浮かべ、黄金色の光る蜂蜜を壺いっぱいに取ってくる。

「おねえたま、約束だよ、キスして」

るるは、自分は何かの悪夢に取り込まれてしまったのだと考えた。そして、あんな風に笑顔を浮かべておきながら、みるんはきっと自分を憎み、強く恨み、だからこそ、あんな風に明るく「キスして」などとのたまうのだと思い込んだ。

「イライラ、いらなーい！」るるは何度だって、蜂蜜壺を遠くに放り投げて捨てた。

みるんの小さな手も足も、笑顔の張り付いたような赤い頬も巻き毛も、るるにとっては理解不能の、もはや恐怖の対象だった。

壺いっぱいの蜂蜜はいつだって輝いていたけれど、あんなものは何にもならない。『約束のキス』なんて、るるだって見たことがない、きっと、この世界にはないものなのだ。

みるんはなぜ、どうやって、るるの元へ帰って来るのか。

そんなある日のこと、るるは大騒ぎする侍女たちの声に気づき、部屋から廊下を歩き、大階段を下りて広間へ向かった。そこでは侍女や家臣たち、王や妃が集い、皆でおいおいと泣いていた。

「なにごとなの？」るるはドレスの裾《すそ》を持ち、分け入るように、泣き、沈む人々の中心へ向かった。

「私は確かに見ておりました。あれは完全なる事故でございました。事故死です」

るるは目を見張った。そこには、真っ赤な絨毯《じゅうたん》の上に寝かされたみるんの遺体があったのだ。

「事故死ですって？　ともかく、思い通りになったわね」るるはひそかにひとりごち、にやりと笑った。あれだけ苦労して殺しても生きていたみるんが、偶然に事故で死んでくれたのだ。

こうして、るる姫は再び、国の一番の存在となった。

紅羽《くれは》は自室のベッドの上で目を覚ました。体中に汗を掻《か》き、息が上がっている。夢の中で、紅羽は熊を撃ち殺したのだ。百合園蜜子《ゆりぞのみつこ》というなまえの、クラス委員長で同級生で、友人だと思っていた熊を。

「夢……？」思わずつぶやき、深く息を吐く。ゆっくりと身体《からだ》を起こすと、眠りすぎたせいか、背中がひどく痛んだ。しかし、じわじわと記憶が蘇《よみがえ》ってくる。部屋の隅の壁に立てかけられた銃。強い手応《てごた》えと、火薬のにおい。地面に転がった、動かなくなった熊。

「違う」あれは夢ではなかった。紅羽が確かにその手で、百合園蜜子を撃ったのだ。

ここ数日の間、紅羽は眠りに落ちては、繰り返しその夢を見る。暗い空。熊のシルエット。銃声。

百合園蜜子は紅羽の目の前で、人間の少女の姿から熊に変身して見せた。本来が熊で、人間に化けていたのだ。しかし、どうすればそんなことができるのだろう。なぜ、そんなことをしていたのだろう。ただ、人間を食べるためだけに、紅羽のような人間に見つかり、撃ち殺される危険を冒してまで人間になりすましていたのだろうか。

ふと、甘ったるいにおいが鼻先をくすぐった。紅羽の使っているポプリともリネンウォーターとも違う、とろけそうなほどにねっとりと甘いにおい。

紅羽は怪訝《けげん》な顔をしてベッドから出た。汗が引き、少し涼しく感じる。一階から、何やら物音が聞こえている。

「おかゆよ煮えろ、グッツグッツ煮えろ、ガウガウガウ。うふ、仕上げはとっておきのこれ！」るるは年季の入った蜂蜜壺を取り出すと、鍋の中にたっぷりと入れた。「ばっちり！」

「何してるの？」紅羽は、制服にエプロンを着けて台所に立っている百合ヶ咲《ゆりがさき》るるの背中に尋ねた。

「あ、起きた？」るるは巻き毛を揺らしながら振り返ると、明るく笑った。

「百合ヶ咲さん……」紅羽は、夢の中で更なる夢を見ている可能性を一瞬、考えたがやめた。

紅羽は着古したサックスブルーのパジャマを着ている。この生々しいくたっとした感触が、夢の中で味わえるわけがない。

「るるで良いって、クーレちん！」るるはにっこりと笑った。それからコンロの火を止め、台所に充満している蜂蜜の甘いにおいを思い切り吸い込むと、食器棚を開け、器を選び始めた。

「ガウウ〜。黄金色の映える、白いボウルが良いなあ。クレちんのおうち、食器がたくさんだね！」

「クレちん？」紅羽は奇妙な響きに首を傾げた。

「ガウ〜、紅羽だから、クレちん。かわいいでしょ？　るる、賢ーい！」るるは手頃なボウルを見つけると、そこへお玉でうやうやしく蜂蜜粥をよそった。

「それより、あなたどうやってうちに入ったの？」

「窓が開いてた。ていうか、割れてた、みたいな」るるは悪びれずに言い、その割れた窓を指差した。

紅羽が素直に示されたほうを見ると、割れた窓ガラスを、百合城銀子《ゆりしろぎんこ》が取り外し、新しい硝子《ガラス》をはめ込んで修理しているところだった。

「どういうつもり？　人の家に勝手に上がり込んで、それに、何を作ったの？　おせっかいにもほどがあるわ」紅羽は眉根を寄せた。

「ガウウ……、るるたち、お見舞いに来たんだよ～。クレちん、あれからずうっと学校お休みしてるし……」

あれから、というのは無論、紅羽が蜜子を撃ち殺した放課後以降、という意味だったが、紅羽が銀子とるるの正体を知らない以上、この場合、るるの言う『あれから』とは、鬼山江梨子《おにやまえりこ》が失踪《しっそう》した夜からということになる。

鬼山江梨子は今、消息不明ということになっている。紅羽が撃った熊の遺体が見つかれば、学校に侵入していた二匹の熊はすっかり駆除された計算になるが、新たな犠牲者が出ると、皆、まだ学内に熊がいる、或《ある》いは、駆除される前に、蜜子に化けていた熊が鬼山江梨子を食べたのだと騒ぎ立ててるだろう。

「ユリーカ先生には届けてあるわ。鬼山さんのことも知ってる。それとこれとは関係ないの」

「でもぉ、心配だったから」るるは両頬《りょうほお》を膨らませながら、わずかに下を向き、上目づかいに紅羽を見た。

「心配？　やめてよ。どうせもう、あなたたちも『透明』になったんでしょ？　それとも、これもいやがらせ？」

「違うよ。るると銀子は、クレちんの『友だち』だよ」

「友だち？」紅羽はその言葉を聞いて、呆《あき》れるどころか怒りが込み上げてくるのを感じた。

「うん。ほら、るる特製！　蜂蜜粥だよ。と一っても特別な蜂蜜を使ってあるんだ。おいしくてほっぺがガウガウとろけちゃうぞ」るるはパッと笑い、器に盛った黄金色の粥を紅羽に差し出した。

「純花《すみか》」その名を思い浮かべ、口に出すだけで涙がこぼれそうになる。

優しすぎる笑顔で、ちくわパンを半分にちぎって、紅羽にくれた少女。

「はい、一緒に食べよう。食いしん坊さん。ふたりで食べるとおいしいよね」甘い声、柔らかな手。

「私の『友だち』は純花だけよ！」紅羽は感情に任せて、るるが試食にと差し出したスプーンを振り払った。その手はボウルにも当たり、蜂蜜粥は器ごと、床に落ち、ぶちまけられてしまった。

紅羽は咄嗟《とっさ》にやりすぎたと思ったが、遅かった。それに、多少、冷静になったところで、紅羽の深い悲しみと怒りは、消えるわけではない。

台所の床に散った蜂蜜粥はきらきら光っていて、まるで星の屑《くず》のようだった。

熊の国の一番の存在に戻ったるる姫は、それから皆に愛され、尽くされて美しく成長した。

そんな姫に一目、会おうと、城には様々な国の王子たちが贈り物や愛の言葉を携えて訪問するようになった。

るるの部屋の扉の前から、長い廊下、大階段、広間を経て外まで続く長い長い列を、侍女たちは「王子の葬列」と揶揄《やゆ》した。何せ、るるはどんな王子にも会いこそすれ、まともに会話すらせず、どんなにロマンティックなプロポーズも冷たい一言で墓場行きにしてしまうからだった。

「るる姫様、次はセクシー王子様です」侍女は事務的に部屋の扉を開け、王子を一人ずつ部屋に通す。

大きな背もたれにゴブラン織りの美しい布が張られた金の椅子に腰かけたるる姫は、ドレスの裾を床に流し、退屈そうに肘掛にもたれていた。

「さあ、プリンセス。私に『約束のキス』を、きみと太陽すら焦がすような熱い愛の日々のために……それがセクシー、シャバダドゥ」セクシー王子は長い髪を掻《か》き上げ、るるに手を差し伸べた。

るるは王子のせりふなどちっとも聞かず、部屋に迷い込み、ぶんぶんと羽音をさせている大きな蜜蜂を眺めていた。

「ちょっと待った！」そこへ、クール王子が、丁寧な仕草でドアを開けて乱入する。

「あら、困ります。姫様への謁見は順番を守っていただかなくては」侍女がおろおろするのが目障りで、るるはひとこと「かまわないわ」と答えた。どうせ結果は同じことだ。いっそ並んでいるものたちを全員、バルコニーの下に並ばせて、一斉にプロポーズさせ、一気に断ってしまえば良い。

「恐縮です。姫様、こんな色グマに騙《だま》されてはいけません！　私が『約束のキス』をいただいた暁には、この国の経済を倍に、いや十倍豊かにして見せましょう！　フン、なんてクール……」眼鏡《めがね》をかけた王子は嬉《うれ》しそうに微笑《ほほえ》みながら、るるにその手を差し出した。

「バッカじゃないの、ふたりとも」ふと見ると、るるの部屋の壁にもたれ、ビューティー王子が笑っていた。「男はかわいいのが一番、だよねっ！　キラキラァ……。僕は一生、お姫様についていきまーす！　だから『約束のキス』は僕にちょうだい」ビューティー王子は瞳を愛らしく煌《きら》めかせて姫にかしずき、手を差し出した。

るる姫は蜜蜂がぐるぐると部屋を周回し、やがてるるのまわりを飛び始めるのを目で追っていた。

「おっと」三人の王子たちは、大きな蜂に怖気《おじけ》づき、その手をさっと引いた。

るるは、姫のために蜂を払いのけてくれないと適当な理由をつけて、三人をいっぺんに追い返した。王子たちは今にも土下座をしそうなほど謝り騒いだが、最後には侍女たちに引きずられて城を追い出された。毎日が、そんなことの繰り返しなのだった。

大勢の求婚者たちが去っていくと、るるはバルコニーから遠い空を眺め、いくらでもぼんやりできた。

侍女たちはそんなるる姫を横目で見ながら、山と積まれた王子たちからの贈り物を開封し、仕分ける作業に追われた。

みるん王子の死により、国の大勢の熊たちの関心を集め、彼らに影響を与える力を持ち、たくさん愛されているはずなのに、るるは憂鬱《ゆううつ》な気分だった。本当に、るるの望んだもののすべてが手に入ったのか。これは本物なのか。

「私、虚《むな》しいわ」るるはバルコニーから飛び去って行く大きな蜜蜂に向かってささやいた。

「る、るる姫様……」そんなとき、侍女がひとり、ためらいがちにるるの元へやってきた。

「何よ。今日の謁見はもう終わりよ。贈り物もどこかへやってちょうだい」面倒くさそうに答えながら振り返ると、そこには蜂蜜壺を持ったみるんが立っていた。「みるん！」

しかし、よく見ると、それはみるんではなくボロボロのマントを纏《まと》った、短い髪をした少女だった。

少女はずかずかとるるのそばまで来ると「これ」と壺を差し出した。

「控えなさい、姫様の御前ですよ！」侍女が慌てて間に入ったが、少女は意に介さない様子で続けた。

「きみの弟の蜂蜜壺？」

「そ、そうよ」るるも、なぜだか答えざるを得なかった。その少女の目があまりに真っ直ぐで強い光を宿していたからだ。

「あの谷の向こうに落ちてた。だから、届けに来た。きみが、捨てたの？」

「無礼な……」侍女が咎《とが》めたが、るるは躊躇《ためら》ってから「そうよ」と答えた。

「でも、きみのものだ」

「そうね」苦々しい気持ちで、るるは侍女を制した。少女に咎める気持ちはないのだろうが、るるにとって、それはもう、いやな過去になっていた。

「失ったと思うものを忘れたら、今度こそ本当に、失《な》くしてしまうよ」

少女が改めてぐいと差し出した壺を、るるはじっと見つめた。

「あなたはだれ？」

「銀子」

まるで、世界に叱《しか》られているような気がして、るるはなかなか銀子の目をじっと見かえすことができなかった。それでも手を伸ばして壺を受け取ったとき、銀子のひんやりとした指先がるるの手に触れた。

あの日、城の広間でみるん王子の小さな遺体を見たとき、るるは気づいていたのだ。みるんの思いが真実であることを。

「私は確かに見ておりました」侍女は涙ながらに言っていた。「完全に、単なる事故でございました。事故死です」

みるん様はいつものように、『大スキ』なるる姫様に蜂蜜を届けるのだと仰《おっしゃ》って、蜂の巣に近づき、そして、大きな蜜蜂に刺されて、お亡くなりになったのです。あっという間のことでした。

ほくそ笑むるるの眼前で、みるんの死に顔はあまりに安らかだった。

るるは銀子の前で、初めてみるんの死に涙した。つるりと流れた涙は顎からぽたりとドレスの胸元に落ちた。

るるは、最初からみるんが大嫌いで、最初から、みるんが大好きだったのだ。

「じゃあ、私は行くところがあるから」銀子はあっさりと手をひっこめると、ちらりとるるを見た。

「待って！」マントを翻し、すぐさま部屋を出て行こうとした銀子を、るるは思わず引き留めた。

銀子は黙って立ち止まると、るるを振り返った。

「どこへ行くの?」

『断絶の壁』の向こうへ」淡々とした声。

「人の世界へ? そんなことしたら殺されるわ!」

「私は平気。あの娘《こ》に、『スキ』をもらったから」銀子はかすかに微笑んだ。

『『スキ』を、もらう?」まるで、みるんの言っていたような話だ。

「うん。それを返しに行く。会って、私の『スキ』を届ける。約束したんだ。もう一度会って、『キス』をするって」

「キスを?」それは、るるがみるんに与えられなかったものかもしれない。るるはドレスのスカートを揺らしながら、銀子に近づいた。

「そう。『約束のキス』」

「約束の……キス……」これはきっとみるんの引き寄せた運命なのかもしれないと、るるは思った。るるの信じなかった、蜂蜜や星と同じように金色に輝く、愛の存在を、るるにわからせるための運命。

「おねえたま。約束だよ、キスして」

そのとき、みるんの高く甘い声が、聞こえた気がした。

「ねえ、その娘は『断絶の壁』の向こうにいるの?」

「うん。きっと私を待ってる」

「でも、人なんでしょう？　会えば、あなたを殺すかもしれないわ」

「そうだね」銀子は当然とばかりにさっぱりと答えた。

「それでもいいの？」

「いいよ。私は罪グマだから。私は、それでも『スキ』をあきらめない」

「連れてって」考えるより言葉が先に、口から零《こぼ》れ出ていた。「私も一緒に連れてって！　あの『壁』の向こうに」

「え？」銀子はぽかんとした。

「手伝うわ、約束を、あなたの『約束のキス』を叶《かな》えてほしいの！」るるは蜂蜜壺を持った手にぐっと力を込め、笑って見せた。

「どうして？」

「私も、罪グマだから」

銀子も失っている。でも、もう一度、その娘に会えるのならば、きっと取り戻せる。それがたとえ『断絶の壁』の向こうであっても。

「それでは、被告グマ、百合ヶ咲るるに問います」

断絶のコート。そのとき、被告人席には、熊の姿をしたるるだけが座っていた。

「あなたは『スキ』をあきらめますか？　それとも『キス』を、あきらめますか？」ライフ・セクシーの低い声が響き渡る。

「私は『スキ』をあきらめない。『キス』を、あきらめます」既《すで》に失われたるるの『キス』は戻ってはこない。だからこそ、るるは『スキ』をあきらめないのだ。

　コートはしばし静けさに包まれた。

　ライフ・クールとライフ・ビューティーが、神妙な顔をしてライフ・セクシーがじっと考え込んでいるのを見ている。

「ガウウ～ッ、私を人間の女の子にしてください！　私はどうしても、銀子とあの『壁』の向こうに行きたいの！」

「それがどういうことか、わかっていますか？　後悔しませんか？　『断絶の壁』の向こうへ行けば、あなたはあなた自身の『キス』を、永遠に失うことになるんですよ」

「後悔なんてしない。私はもう失ったんだもん。でも、銀子は違う。きっと私の代わりに『約束のキス』を果たしてくれる。だから……」

　セクシーは軽く息をついた。

「つまり、自分の果たせなかった望みを百合城銀子に託す、というわけですか。それで自己実現を図ろうというのは、自己満足でしかない。傲慢罪に問われますよ？」

「いいの。私は罪グマなんだから」

「なるほど。わかりました。判決を言い渡します」

クールとビューティーが、ごくりと唾《つば》を息をのむ。

「ユリ、承認！」木槌が強く一度、打たれる。

「ユリぃ――――しょおおおにいいいいいいん！」るるが叫ぶと、コートの奥の扉が開いた。るるは熊の姿から、耳も尻尾《しっぽ》もない、完全な人間の少女へと変化していった。長い栗色《くりいろ》の巻き毛、柔らかく滑《なめ》らかな肌のすんなりした手足。

こうして、るる姫様は百合ヶ咲るるとなって、百合城銀子とともに『断絶の壁』の向こうに旅立った。

熊の国の城を背にして、銀子と並んで、新しい道を歩み出したのだ。


ゆっくりと絵本を閉じながら、ライフ・セクシーは「おしまい」と言った。「『約束のキス』は果たされるのか、それとも……」

「なんて無謀な物語だ」ライフ・クールは胸ポケットからスカーフを取り出し、眼鏡のレンズを拭《ふ》きながら続けた。「クール、じゃない」

「いいんじゃないの？　実際は、おしまいじゃなくて、まだ続くんだから。キラキラァ……」

ビューティーは大きな欠伸《あくび》をした。

「それがセクシー、シャバダドゥ。今日はここまで」


紅羽の家。広い台所の隅に置かれたベンチに腰かけ、みるんにもらった蜂蜜壺を抱えて、るるはいつの間にか、昔のことを思い返していた。

「食べた?」割れた窓の修理を終えた銀子が、台所に顔を出す。

「んっ?」るるは我に返り、頬を汚し、軍手をはめて工具箱を下げた銀子がすぐそばにいることに気付いた。

銀子はすぐに、流しのゴミ入れに捨てられた蜂蜜粥を見つけ、紅羽が食べなかったことを悟った。

「なんだ、もったいないな。るるの蜂蜜粥、おいしいのに」

「クレちんのせいじゃないよ。るるが怒らせちゃったから」るるはうなだれた。「銀子とるるは、『友だち』だよって言ったの。そしたらクレちん、いい加減なこと言うなって」

銀子は黙って、るるのすぐ隣に腰かけた。

「るるは、どうしてあのとき、私についてきたの?」

「銀子に会いたい人がいるからだよ。銀子の会いたい人が、『壁』のこっちに、いるからだよ」るるは銀子に小さな声で答えた。

「そうだったね。そのためにるるは、『キス』をあきらめたんだ」銀子はどこか責任を感じているような声で言った。

「銀子」るるは気にするなと言う代わりに、銀子の肩に頭を持たせかけた。るるにはもう『キス』はありえないのだ。だから、気にする必要はない。「銀子の『スキ』をかなえることが、私の『スキ』なの。そうしたら、もう一度会えるような気がするんだ。あの子に。だから、これでいいの」

銀子は何も言わずに、制服のシャツの下にちらりと見える、星のかたちのペンダントを見下ろした。どうしても、『スキ』をかなえなければならない。るると、ペンダントに賭《か》けても。

紅羽はベッドに戻り、布団をかぶって、母の写真を見つめていた。どうして、自分は独りなのだろう。それが寂しくていやなのに、るるにあんな態度を取ってしまった。

写真の中の澪愛《れいあ》はいつだっておっとりと微笑《ほほえ》んでいる、首から、星のかたちのペンダントを提げて。

# 5

幼い紅羽は、量の多い髪をみっしりと太いふたつの三つ編みにしていた。今はひとりで暮らしている家の庭には、母が手入れしていた草花が何種類か植えられていた。

「いいにおい。ねえ、嗅《か》いでみて！」紅羽は元気のいい笑顔を、小さな友だちに向けた。

「さあ、準備できたわよ」慣れない三脚のカメラを設置するのに四苦八苦していた澪愛が、少し得意げに言う。落ち着いたグリーンのワンピースを着て微笑む澪愛の胸元には、大きな星のモチーフのついたペンダントが光っている。

紅羽と小さな友だちは、慌ててカメラの前に並んだ。

「そんなに急がなくても大丈夫よ。ええと、これを押して」澪愛はシャッターのタイマーを押すと、紅羽の隣にくっつくように立った。「はい、チーズ！」

ふたりと小さな友だちとで撮ったその写真は、小さく端を折り曲げて、今でもオルゴールの蓋《ふた》の裏に貼り付けてある。紅羽はそれを大切にしているが、ちょうど、折り曲げてしまったところに写っている小さな友だちのことは、いつの間にか、忘れてしまったままだ。

私たちは最初から、あなたたちが大嫌いで、最初から、あなたたちが大好きだった。だから、本当の『友だち』になりたかった。あの壁を越えて。そして、あなたを独り占めにしたい。

朝日の差し込む紅羽の部屋。カーテンを開けたのは銀子だった。ベッドサイドに置かれたオルゴールの蓋は開けたままになっており、写真の中の澪愛と紅羽はよく似た顔で笑っている。

「デリシャスメル」銀子はくんくんと鼻を動かしながら、紅羽の顔に唇を近づけると、その頬をぺろりとひと舐めした。

紅羽がその感触に、ううん、と薄く目を開ける。

「紅羽、おはようガウ」

「ん、銀子?」ゆっくりと身体を起こし、目元を擦《こす》ると、紅羽はにこりと笑った。「銀子、おはようガウガウ」

紅羽の跳ねた髪に触れる銀子の頬を、紅羽は当然のようにぺろりと舐め返し、うふふ、と笑った。これが、銀子と紅羽の当たり前の朝の光景だ。

「あなた、うちで何してるの?」

銀子は紅羽の極めて現実的な質問で、妄想から我に返った。

「え」非難がましい表情を向けられ、銀子は言葉に窮した。

「だから、なんで、あなたがうちにいるの?」紅羽はいっそ同情を含ませた声で再度、尋ねた。

「引っ越したガウ」

「引っ越し?」今度は紅羽が言葉を失う番だった。

確かに、今度は廊下から物音が聞こえる。

紅羽は慌ててベッドから飛び出し、ドアを開けた。すると、二階の廊下、一番奥の、屋根裏部屋に続く階段の下で、るるがひとり、ばんざいをしていた。

「ガウウ〜、引っ越し完了!」るるは続けて、ぱちぱちと手を叩《たた》く。

「引っ越しって、ここに?」

埃《ほこり》っぽく、使われていなかった屋根裏部屋はきれいに掃除され、どこから持ってきたのか、最低限の家具、ベッドやハンガーラックなどが置かれている。

「さあ、引っ越しそばを食べよ〜う!」

呆然と屋根裏部屋に建っている紅羽の横を、るるが、既に湯を注いだカップそばをお盆にのせてやってきた。

銀子とるるは、床に正座してそばを啜《すす》り始めた。

「あなたの『おそば』に、お引っ越し!」るるはうれしそうにカップを掲げて見せる。

「そば。デリシャスメル」銀子は薄く笑いながら、そばを啜り続ける。「紅羽の分もある」

「クレちん、顔、洗っておいでよ」るるは既にリラックスした様子で言った。

「言われなくても顔くらい洗うわ！　そんなことより、出てって！」

断絶の壁を横目で見ながらの登校。紅羽は不機嫌な様子で、銀子とるるとは目も合わせず、早足で学園に向かう。

「勝手に引っ越してくるなんて非常識よ。すぐに出て行ってもらうわ」後ろのふたりが聞いている前提で、紅羽は言う。

「ガウウ～、でも、クレちんだって引っ越しそば食べてたのに～」

「そ、それとこれとは話が別よ！」

そんなやりとりをする紅羽とるるを、銀子はじっと見つめている。

「ほら、あの娘よ、例の」ふと、周囲を歩く生徒たちの噂《うわさ》をする声が耳に入ってくる。

「ああ、『友だち』を不幸にするっていう？」

彼女たちはひそひそ話をしているつもりかもしれないが、実際の音量はそう小さくもない。

「不幸どころじゃないわ。現に次々人が消えてるのって、あの娘のいるクラスだけって噂だよ」

「わかったでしょ」紅羽が立ち止まり、銀子とるるを振り返った。「私に近づくと不幸になる。今聞いた話、本当よ。『透明な嵐』に巻き込まれるわ」

「透明な嵐」銀子は眉間《みけん》にしわを寄せ、かすかに目を細める。

「そう。私と『友だち』になれば、あなたたちも『排除』される。それがこの群れの掟《おきて》なの」

紅羽は自嘲《じちょう》気味に言いながら、長い髪を緩やかな風になびかせた。私立嵐《あらし》が丘《おか》学園というひとつの学校。なんて小さな群れだろう。なんてばかばかしい掟だろう。しかし、今、紅羽が属しているのは間違いなくその群れなのだ。

「わかったなら、もう私にかまわないで」

紅羽は先ほどよりさらに早足で、それとなく紅羽を気にして道を開ける生徒たちのあいだを縫って、銀子たちを置いて先に行ってしまった。

「ガッフゥ〜。わかってないのはクレちんだよぉ。だからるるたちは、クレちんの『友だち』になりに来たのに〜」るるは肩をすくめて、両手を持ち上げ、やれやれと首を振った。

「『透明な嵐』から紅羽を守る。私たちは『スキ』をあきらめないよ。ガウガウ……」銀子は周囲の生徒たちの冷たい視線に耐えて歩き続ける紅羽の背中をじっと見つめた。長い髪が、歩くたびにさらさらと美しく揺れている。

ユリーカは「まさか」と素《す》っ頓狂《とんきょう》な声を出した。「そんな馬鹿なことあるわけないわ」
執務室のテーブル越しに向かい合ったユリーカと紅羽。

紅羽はテーブルにとんと手をついた。

「嘘《うそ》じゃありません。百合園蜜子さんは熊だったんです。熊に、化けていたんです！」

「あり得ないわ」ユリーカはもう一度、今度は冷静な調子で否定した。

「信じてください、百合園さんは確かに熊に変身したんです！」紅羽は手を引き、握《にぎ》りしめた。

悲しげに下を向いた。「百合園さんが純花を、泉乃さんを食べたんです。自分でそう言いました。だから、私」

あの娘ったらおかしいの、自分が今食べられてるっていうのに、あなたの心配ばかりして。

百合園蜜子は、そう言って笑った。

ごめんね、紅羽ちゃん、紅羽ちゃんの『スキ』、お母さんの花壇、なおしてあげられないよ。

あきらめないって、約束したのに。蜜子は、そう言って、なおも笑った。

だから、紅羽は少女から熊に変身して襲ってきた蜜子を銃で撃ったのだ。

自分の両手は、クラスメイト殺しで熊殺しだ。もう、元には戻らない。恐ろしい手になってしまった。

「私は、百合園さんを」

「紅羽ちゃん」ユリーカはテーブル越しに手を伸ばし、紅羽の手をまとめるように握った。短くラウンドに整えられた爪には、グレーベージュのネイルが施されている。「もう、やめましょう」

「先生」紅羽は、ユリーカは信じていないと確信して悲しくなった。

「かわいそうに。精神的なショックが大きすぎて、幻覚を見てしまったのね」

「違います！　あれは確かに百合園さんで、私の目の前で……」

「今すぐにとは言わないわ。だけど、いつかは現実を受け入れなければね」

信じられないのも仕方がないことかもしれない。紅羽だって、目の前で見ておきながら、しばらくは自分のことを疑っていた。あんなことがあるものかと。

ユリーカは落ち込んだ様子の紅羽にかける言葉を探して黙った。

執務室の外では、銀子とるるがべったりとドアに張り付いて、中での話し声を聞いている。

「そうだわ、次の日曜日は紅羽ちゃん、あなたのお誕生日よね」ユリーカは少し無理をして笑った。

「はい」紅羽は静かに答えた。

「あんなに小さかった紅羽ちゃんが、もう十七歳だなんて！　今年のお祝いは何がいい？　何か、欲しいものはある？　少しいいレストランで食事をするのも良いわね」

「いいえ、今年は……」今年は、そういう祝い方をする気にはなれない。泉乃《いずみの》純花は家族ではないが、紅羽のとても大切な『友だち』だった。

「そう」ユリーカは気まずそうに、けれどあっさりと引き下がった。クラスメイトが何人も消えていくのだ。無理もないだろう。

「そういえば、お母さんのあの星のペンダント」ユリーカはどうにか空気を変えようと、立ち上がり、机に置かれた写真立てを手に取った。嵐が丘学園の学生時代の澪愛。澪愛の胸元には星のペンダントが着けてある。

紅羽はお母さんと言う言葉に反応し、顔を上げた。

「あの星のペンダントは、澪愛が十七歳の誕生日に、私が贈ったものなのよ」ユリーカは懐かしそうに言った。

「そうだったんですか」澪愛は生きていた頃、とりわけあのペンダントを気に入って、いつでも身に着けていたから、とても印象に残っていた。しかし、どこに行ってしまったのか。

「あれは、私と澪愛が交わした『友だち』の約束。『スキ』を忘れないっていう、誓いのしるし」ユリーカの伏せた長い睫毛《まつげ》が頬に落とす影。頬や唇の赤みが、ふと彼女を少女のように見せる。

「『スキ』を忘れない？」

「そうよ。『スキ』を忘れなければ、私たちはいつだって独りじゃない」ユリーカは笑みを浮かべた。

「『スキ』をあきらめなければ、何かを失っても、私たちは『透明』にならない」紅羽は続けた。

「紅羽ちゃん、この言葉、知ってたの?」ユリーカは目を丸くした。

「はい。母は私にも、よくそう言ってましたから」

「そう」ユリーカはひっそりと息をついた。「でも、時に『スキ』は私たちを苦しめる。失った『あのとき』を思い出すたび、『スキ』は、私たちの胸を焦がすわ」

失った『あのとき』。紅羽は、憂いを帯びた瞳で、結い上げた髪の後れ毛をなおすように撫でながら写真に見入っているユリーカを見た。

ユリーカがどういう傷を受け、それがどのくらい痛むものなのか、紅羽にはわからない。しかし、紅羽にも『あのとき』というのは確かにあって、思い返すと胸の奥が捻《ねじ》れ、ちぎれてしまいそうに苦しい。

純花と過ごした多くの時間。彼女はほとんど、笑っていた。

「純花」思わずつぶやき、純花の柔らかな手を握りたいと強く思った。ずっと、ただ、そうしていられればよかったのに。

「だから、そんな時は少しだけ自分を許して、ほかに目を向けてみるの。……紅羽ちゃん、正直に言うわね。今のあなたに一番必要なのは、新しい『友だち』よ」

「新しい『友だち』？」紅羽には、それは奇妙な話に聞こえた。純花よりも仲良くなれる人などいないし、仲良くしたいと思う相手もいない。そもそも新しい『友だち』を作るために新しい『友だち』を探せというのか。その新しい誰かを、純花の代わりにしろということだろうか。

「そうよ、泉乃さんではない、ほかの誰か」

「いりません。新しい『友だち』なんていりません。私の『友だち』は、純花だけ。どんなにつらくても、私は『スキ』を忘れない。あきらめたりしない！」

紅羽は立ち上がると「失礼します」と小声で言って会釈をし、急いで執務室を出た。銀子とるるは慌てて廊下の角を曲がったところに隠れ、執務室に残されたユリーカは、「紅羽ちゃん」とつぶやいて、写真の中の澪愛に、もう一度、視線を落とした。


昼休み、紅羽はひとり、屋上へ上がってちくわパンを食べる。銀子とるるは、屋上へ出る扉を開けたまま、屋内に隠れて彼女の様子を見ていた。

「ガウウ～、クレちんったら、またちくわパン？　そんなにデリシャスメルなのかなあ」るるは大口を開けて焼きそばパンを頬張った。

「あれは紅羽の『スキ』の味だから」

「『スキ』の味？」

「そう。どんな嵐も、熊でも人でも、壊せないもの」

「ええ～、そんなものあるの？」それが、紅羽にとってはちくわパンを食べるということなのか。るるは自分の蜂蜜壺について思いを巡らせ、なんとなく納得した。

「あるよ」銀子はもう一度、力強く、しかし静かに、確認するように言った。


銀子がうんと小さかった、『断絶の壁』ができたころ。傷つき、くたびれ果てて倒れていた銀子の耳に、歌声が聞こえた。透き通った少女の声に、銀子は自分の死を予感した。

薄く目を開けると、『断絶の壁』が見えた。歌声はだんだん近づいてくる。あの声はきっと、女神か天使のものだろう。

銀子を遠くへ連れに来たのだ。

歌声の主は倒れた銀子に気が付くと、歌うのをやめて駆け寄った。銀子は視界が影になったことに驚いて、できる限り目を開いた。

明るい光を背にして、その少女は本当に神様のようだった。おそるおそる、銀子に手を伸ばし、頭のてっぺんを撫でてくれる。

「大丈夫、ひとりぼっちじゃない。私はあなたの『友だち』だよ」太い二本の三つ編み。柔らかく小さな手。「私はあなたが『スキ』」

もしも、クマリア様が本当にいるなら、きっとこんな風に優しいと銀子は思った。彼女がクマリア様なのかもしれないとも。

「誰かに『スキ』をもらった記憶」銀子はいつになく、柔らかな表情でつぶやいた。

「銀子」るるは、どうがんばっても銀子と共有しきれない過去を思って、少しだけ心が痛んだ。だから、銀子は『壁』を越えて人の世界へやってきた。紅羽を独り占めしたい、という、強すぎる思いを抱えて。

「独り占めにしたい……」銀子は制服の下の星のペンダントをぎゅっと握った。

終業のチャイムが鳴ると同時に、紅羽は静かに帰り支度を始めた。放課後までここにいる理由は、残念ながらなにひとつ、ない。

「椿輝《つばき》さん」

紅羽は驚いて顔を上げた。今、紅羽に話しかける生徒などほぼいないからだ。

「ちょっといい？」クラスメイトの針島薫《はりしまかおる》だった。

彼女は制服をかなり着崩《きくず》していて、帽子をかぶらず、ジャケットも羽織らない。シャツのボタンはいつもいくつか外しており、裾もスカートの外に出している。脚のラインにぴったりと沿う黒いロングブーツをガーターで留め、まるで男の子みたいにくしゃくしゃの短い髪をしている。

「今朝、みんなで話し合ったんだけど、私たちが間違っていたわ」

紅羽は驚いて言葉を失った。あまりに唐突すぎて、どう受け取ったらいいのかわからない。クラブ活動や帰路に就こうと準備していた生徒たちがじっとこちらを見る。教室中が、静まり返っていた。

「私たち、これまで本当にひどいことをしたと思う」針島薫は真面目《まじめ》くさった様子で、周囲の視線など気にしていない素振りだった。

戸惑う紅羽の手を、針島薫はさっと握った。薄く骨ばった手のひら。

「だから、償いたいの。あなたと泉乃さんに」

「そんなこと」できるわけがない。簡単に償うなどと言われても、できるはずがないとわかる。何も変わらない。純花は失われたまま、紅羽はひとりのままだ。

「ちゃんと方法も考えたの。私たちが何をしたら、亡くなった泉乃さんが一番喜んでくれるかって」

「ふざけないで」怒鳴りこそしなかったが、紅羽は大きな声で針島のお喋《しゃべ》りを遮った。彼女の手を振りほどき、再び、帰り支度を始める。「純花を『排除』したあなたたちに、純花のことを考える権利なんてないわ」

「椿輝さん」針島は気まずそうに、自分の右手で左腕を庇《かば》うように抱いた。

「今さら何？　ゲームなら最後まで続けなさいよ。私も純花も、あなたたちなんかに負けない。『透明』になんてされないわ」紅羽はもう。針島の顔すら見ようとしなかった。

静かだった教室が突如、ざわめく。

「ご、ごめんなさい、私たち、なんてことを……」針島は見た目に似合わず、涙ぐんで見せた。

「本当にごめんなさいっ！」

声をかける間もなく、針島薫は涙ながらに教室を飛び出していった。

紅羽について、またクラス中が噂話を始めたが、紅羽にはなす術《すべ》がないし、術があっても、行使しようとは思わなかっただろう。

「ガウウ〜、あいつ、何考えてるんだろうね？」るるは自分の席に就いたまま、隣の銀子に言った。

「紅羽の『友だち』になるのは私たちだけだ」

「だよね〜。邪魔邪魔、ジャマーな娘は……」

「熊が食べるよ。ガウガウ……」銀子は誰にも気《け》取られず、ひっそりと奥歯をゴリリと鳴らした。

　るるは「ガウ〜、女の子をオトスには、まず胃袋からオトスべし！」と、隣でスーパーのワゴンを押している銀子に言って聞かせた。

「よし、こうなったら銀子とるるで、ちくわパンに負けないクレちんの『スキ』の味を作らなきゃね！　そうすればきっとクレちんだって……るる、賢〜い！」両手を上げ、機嫌よく品物を物色するるるを尻目に、銀子は焼き肉の実演販売のにおいを嗅ぎつけ「デリシャスメル」とひとこと、ワゴンごとそちらに行ってしまう。

「ぎーん子！」るるに腕を摑《つか》まれ、銀子は我に返る。

「お腹《なか》ペコりんでも、ここで熊になっちゃだめだよ……るるたちが食べていいのは、透明な女の子のお肉だけなんだから」るるは銀子の耳元で、こっそりと言った。

　名残惜しそうにしながらも、銀子は納得して、るるの隣を歩き始める。

「それで、クレちんは何が好きなの？」

「塩辛とナポリタン」銀子は淡々と答えた。

　ふたりの横の棚には、ヨーグルトやチーズ、バターやフルーツジュースなど、さわやかな食材が並んでいる。

「なんか、クレちん、おじさん臭くない？」るるは微笑んだまま言った。

「でも、小さいときから好きだった」

「ん〜、じゃあ、今日の晩ごはんはー」腕組みをして考え込むと、るるはやがて、にやりと笑った。「決ーめた！」


玄関でバイカラーの紐靴を脱ぎかけた紅羽の視界に、銀子とるるの白いブーツが脱いであるのが飛び込んできた。

「あの娘たち、まだうちにいるの？　どうやって中に。ん？」また、台所のほうから、今度は甘さのない、妙に複雑な香りがする。

「ガウウ〜、おかえりクレちん！」るるは裸にエプロンを掛けて、機嫌よく振り返った。

銀子も同じ恰好でちらりと紅羽を見て、小声で「おかえり」と言うと、すぐにフライパンに視線を戻す。

紅羽は台所の入り口に立って唖然《あぜん》とした。今度は何を作っているのか。見たところ、パスタを茹《ゆ》でているが、このにおいの正体が、よく知っているようで全然わからない。

「何してるの？」

「晩ごはん、ガウガウ」銀子は慣れた手つきでフライパンを持ち上げ、中身をひっくり返している。

「えへへ～、るるたち、クレちんの『スキ』の味を作ってるんだよ～」

「私の『スキ』の味？」

「そう、クレちんの二大好物」

「ええっ、ま、まさか！」紅羽は大袈裟に驚いて、数歩、後ずさった。

「イエス！」銀子は調子よく叫び、紅羽を見た。「その名も、塩辛ナポリタン！　デリシャスメル、ガウガウ！」

「す、すごい！　奇跡のマリアージュ！」紅羽は得意げな銀子をうっとりと見つめた。

食卓は真っ白なテーブルクロスに燭台、豪華な花が飾られ、塩辛ナポリタンを銀食器が囲んでいる。

紅羽は白い素肌にエプロンだけを身に着け、気恥ずかしそうにスプーンにプチトマトを乗せる。

「はい、銀子、プチトマト、あ～ん」甘ったるい声で言われ、銀子は思わず「あ～ん」と答える。

「銀子、次はとろりん蜂蜜プリンよ、あ～ん」

「あ～ん」銀子の周囲も口内も食堂も胃袋も、幸福で満たされていく。

「次はほら、新鮮な新巻鮭《あらまきざけ》よ！　丸ごとどうぞ、あ〜ん」

「あ〜ん」

銀子は思うさま頬張り尽くすと、自らも素肌にエプロンのみを身に着け、フォークを握って紅羽の『スキ』の味を、それに巻きつけた。

「今度は紅羽の番だガウ、あ〜ん」

「私食べないわよ」現実の紅羽は真顔で、制服姿のまま言った。

食卓などセットされておらず、銀子も制服にエプロンを着けたまま、手に持ってるのは銀のフォークではなくお玉だ。

「ガウウ、銀子、どうしたの？」るるがさりげなく尋ねるが、銀子は普段通り、クールに姿勢を正す。

紅羽は静かに怒っていた。

「でもでもぉ、塩辛とナポリタンはクレちゃんの好物なんでしょ？」

「なぜ、知ってるの？」

「え、だって」るるは言いかけたが、銀子に教えてもらったとは答えられない。

「私がそれを教えたのは、純花だけ。転校生のあなたたちが知るはずないわ」

「え、えーと、どうしてかなあ」るるは頭を掻いた。

「言ったでしょう。私にかまうなって」

「ガウ〜、だけど、銀子とるるは、クレちんの『友だち』になりたくて……」

「やめて！」

紅羽はこれまでもずっと怒っていた。しかし、こんなに大きな声で銀子とるるに当たったことはなかった。

るるは身を硬くした。

「友だち、友だちって、どうしてみんな、私に『スキ』をあきらめさせようとするの？」

銀子は何か言いたげに息を吸い込むが、口には出さなかった。今、紅羽に言ってもわかってもらえない。言ってはならないことだ。

「私は新しい『友だち』なんていらない。私の『友だち』は純花だけ。私の『スキ』は純花だけ。ほかには何もいらない！」

純花だけが『友だち』純花だけが『スキ』。銀子は聞いているだけで胸が潰《つぶ》れそうになった。

「あなたたちは何？　私に近づいて何がしたいの？」

すべてを話したい。わかって、思い出してと訴えたい。でも、それでうまくいくのだろうか。心から熊を憎んでいる紅羽が、銀子の気持ちを理解してくれるだろうか。それより前に、銀子は断罪されるだろう。更なる罪を重ねた熊として。

るるは紅羽と銀子のあいだに流れる緊迫した空気にそわそわし、硬くした身体を縮め、縋るように銀子を見た。

「本当にもう、やめて」紅羽は大きく息をつき、疲れ切った様子で二階の自分の部屋へと去って行った。

のろのろと二階への階段を上がっていく音を聞きながら、銀子とるるは押し黙って立ち尽くした。鍋に沸かした湯だけが、ぐつぐつと音を立てている。


何とも言えない味だった塩辛ナポリタンを二人だけでやっつけ、銀子とるるは、部屋から出てこない紅羽をそっとしておこうと、勝手に風呂を借りることにした。

るるは脂肪の薄い、細い銀子の背中を流しながら、銀子が本当はかなり落ち込んでいるのではないかと考え、ふっくらとした胸を痛めた。

「ガウウ〜、さっきはヒヤリんこだったよ〜。もう少しで銀子がクレちんに本当のこと言っちゃうかと思った」るるは銀子の背中を丁寧に湯で洗い、続いて、シャンプーを手に取り、ふわふわに泡立てて銀子の短い髪を洗い始めた。

銀子は俯《うつむ》いたまま、何も答えられなかった。さっき、何度も揺れた。紅羽に本当のことを話してしまいたいと。

「でも、言っちゃったら私たち、人間の女の子の姿じゃいられなくなっちゃう。それがルールだもんね」るるはしんみりと言った。「あ～あ、クレちん、早く銀子のこと思い出してくれないかなあ」

「おまたせ、銀子」唐突に、泡だらけの浴室に裸の紅羽が入ってきた。「さっきはごめんなさい。本当はうれしかったのに、私、素直になれなくて」

「ゴ、ゴージャスメルッ！　い、いいよ、そんなの、ガウガウ……」銀子は紅羽の姿に照れて、顔を赤くした。銀子より丸みを帯びた、真っ白な紅羽の素肌。

「だからね、ふたりでいろんなところを流し合えば、お互いのことがもっとよくわかると思うの」

いつの間にか消えているるるのことを気にせず、銀子は紅羽の背中を流し、肌をすべるつるつるの長い髪を洗ってやった。

頭のてっぺんからつま先まで、紅羽は子供のころから清廉《せいれん》で素敵だ。

「私もしてあげる」紅羽が振り向き、銀子の身体に手を伸ばす。「ねえ銀子、気持ちいい？」

「うん、気持ちいい」銀子は首筋や肩。二の腕を撫《な》でる紅羽の腕にくすくすと笑った。

「銀子、じゃあここは、気持ちいい？」

「うん、そこも……気持ちいい」紅羽の柔らかな指先が、銀子の身体の細部をまさぐっていく。

銀子は嬉《うれ》しさに身を震わせた。

「ねえ銀子、ここは、すごく気持ちいい？」紅羽は少し、いたずらっぽく尋ねた。

「うん、そこは……そこはすっごく、気持ちいい……」銀子は恍惚《こうこつ》の表情で、泡の向こうに見える紅羽の微笑む顔を見つめた。このまま、ずっとそばにいられたら。

「よし、できた！」るるが銀子のシャンプーを頭から流したところで、彼女は我に返った。

「はい、きれいになりました〜。先にお湯につかっててね、銀子」

銀子はぶんぶんと頭を振って、大人しくバスタブに身体を沈めた。


紅羽は、自宅にいるにもかかわらず自分が部屋に逃げ込まなくてはならない理不尽さを噛《か》み締めつつ、オルゴールの蓋を開き、『アヴェ・マリア』の音色で部屋を満たし、気持ちを落ち着けていた。

ベッドに転がった紅羽は、つい数週間前、純花にもらった手紙を取り出した。

封筒の表に『Ｈａｐｐｙ　Ｂｉｒｔｈｄａｙ　紅羽ちゃん』と大きく書かれた手紙を差し出しながら、純花は「紅羽ちゃん、少し早いけど、これ」と照れくさそうに言った。

「誕生日なら、まだだいぶ先だけど」紅羽は首を傾《かし》げた。純花が紅羽の誕生日を間違えるはずがないからだ。

「うん、知ってる。でも、これは今日、渡しておかなきゃだめなの」

「変な純花。でも、ありがとう」紅羽はにこりと笑い、素直に封筒を受け取った。しかし、封を開けようとすると、純花に止められた。

「あ、待って、今は開けないで！」

「え？」紅羽はさっと手を止め、純花を見た。

「これは、紅羽ちゃんのお誕生日にここで読んでほしいの」

「どうして？」何か仕掛けがあるのだろうかと、紅羽は少しだけわくわくした気持ちで聞いた。

「紅羽ちゃんに、私からプレゼント」そう話す割には、純花は済まなそうに笑っていた。

「プレゼント？」

「読めばわかるよ。だからお願い。ね？」純花は気を取り直した風に、にっこりと笑った。

「うん。わかった」紅羽は少し変だと思いながらも、大事な手紙を胸に抱いた。

「紅羽ちゃん。私ね、紅羽ちゃんにはいつもそうやって、お花みたいに笑っていてほしいんだ。それが私の『スキ』なの。だからね、遠くから見てるだけでも、幸せなんだ」

「何言ってるの、私はいつだって純花のそばにいるよ」少し伏せられた純花の眼差《まなざ》しが向かう先がわからず、紅羽は少しだけ不安になった。

「そうだね。紅羽ちゃんは『スキ』をあきらめないでいてくれた。私、ずっとずっと忘れないよ」

「純花？」何かあったのか、どうかしたのか。尋ねようと言葉を選ぶうちに、純花は「もうすぐ咲くね」とうれしそうに、百合《ゆり》の花壇を見やった。

「うん……」

純花があのとき、何を思っていたのか、手紙には何が書いてあるのか、まだわからない。でも、これだけは変わらない。純花だけが、紅羽の『友だち』であること。

ベッドの上で、紅羽は手紙を見つめ、強くそう思った。


翌朝、紅羽はひとりで裏庭の花壇を見に来た。すると、事件以降ずっと張り巡らされていた侵入禁止の黄色いテープが取り払われて、花壇はきれいに整えられていた。

「椿輝さん」どういうことかと立ち尽くしている紅羽に、後ろから針島薫が話しかけた。「おはよう」

「針島さん。おはよう……」先日は少し、きつく言いすぎた。しかし、紅羽はまだ、彼女に気を許せない。そういう気になれない。

「もう一度、そこに花を植えられるように、私たち、学園にお願いしてたの」針島薫はゆっくりと、椿輝の隣までやってきた。

「昨日はごめんなさい。だけど、これが私たちの本当の気持ち。泉乃さんと椿輝さん、あなたへの」

紅羽は黙っていた。なんと言っていいのかわからなかった。

「『透明な嵐』が壊してしまったこの場所を、元に戻したい。それで償えるとは思ってない。それでも、ここを花でいっぱいにして、泉乃さんの最期の望みをかなえてあげられたらって」

「純花の、最期の望み？」紅羽は思わず、ちらりと針島薫の横顔を見た。目深にかぶった帽子の下からのぞく、鋭い眉の曲線。いったい、何が本当なのだろうか。

「ええ。次の日曜日は、あなたの誕生日よね？」

「そうだけど……」

「私、聞いたことがあるの。泉乃さんがあんなことになってしまう少し前に。花いっぱいの花壇で、椿輝さんのお誕生日を祝いたいって」

いつ、どこでそんな話を聞いたのか。紅羽が顔を上げると、紅羽を見た針島薫と目があった。

しかし、純花は確かに、誕生日に花壇で開けてほしいと、誕生日の手紙を紅羽にくれた。

本当だろうか。純花が残してくれたものが、本当に見られるのだろうか。

「私たちにその想い、かなえさせてくれないかしら」針島薫は神妙な顔をして言った。「私たちにあなたのお誕生日をお祝いさせてほしいの」

紅羽は黙り込んでしまった。純花が紅羽の誕生日に何か考えていてくれたとしても不自然ではないし、それが花壇だと言うのも理解できる。しかし、紅羽は、針島やクラスメイトたちにそうしてもらって、幸せを感じられるだろうか。純花はもういないし、残されたのは手紙だけだ。

何より、針島たちを信用する材料がない。

「それが、泉乃さんの望みだから」針島はすっと、紅羽の手を取った。「お願い。泉乃さんのために」

「わかったわ」まだ、戸惑っていた。純花のためといくら言っても、肝心の純花に届かなければ意味がないのではないかと。しかし、針島はあまりに熱心だ。

上からのまばらな拍手の音に、紅羽は慌てて顔を上げた。すると、教室の窓から、クラスメイト達が針島と紅羽を微笑ましげに見下ろしていた。

その隅で、るるは怒りに両頬を膨らませていた。

「ガウウ〜、なにそれ〜っ！　クレちんの『友だち』は銀子とるるなのに！　横入りなんて許さないガウッ！」

銀子は殺気立つるるの横で、静かな表情で紅羽と針島薫を見ていた。紅羽はどこか困ったような、少しだけ安心したような顔をしている。

るるは目を伏せたままの銀子を見てため息をついた。

「ガフゥ～、あいつが『透明な娘』なら食べちゃえるのに。ね、銀子」

銀子は答えなかった。これが本当なら、紅羽は銀子やるるが『友だち』にならなくても幸せになれるのだ。これがすべて、真実の気持ちでできたものなら。

紅羽は、自分の机の周囲に人が集まっていることが落ち着かず、小さくなって何も言えなかった。

「椿輝さんのお誕生日まで時間がないわ。早速今日から準備を始めましょう」針島薫が指揮を取り、ほかの生徒たちが同意の声を上げる。

皆の笑顔につられるように、紅羽は薄く笑みを浮かべた。

その後の数日間、紅羽を含めたクラスメイトたちは、毎放課後、ジャージを着て裏庭へ出ては、花壇の修繕をした。それが終わると皆で着替え、夕暮れの中、並んで帰宅する。紅羽にとってはいつぶりのことだろうか。まだ、どこか落ち着かないけれど、大勢でおしゃべりをしながら作業をしたり、帰りに買い食いをしたりすることが楽しくも感じる。

休日には皆で百合園へ行き、きれいに咲いた花々を見たり、花壇に植える苗を買ったりする。よく耕した花壇の土に、苗を一鉢、一鉢、丁寧に植えていく。

夜はひとり、部屋のベッドで純花から受け取った封筒を眺めた。もうじき、この手紙を開けられる。

紅羽の表情はすっかり柔らかく、桃色の唇の両端は、以前に比べると常に持ち上がって、微笑んでいるようだった。

銀子とるるはいつでも物陰から彼女を見守り、針島たちに少しでも怪しいところがないか目を凝らしていた。本当にこれでいいのか。銀子は自問自答を繰り返す日々だった。

紅羽の誕生日の前日。花壇に植えられた白い百合の花は今にもほころびそうだった。紅羽はひとり、純花からの手紙を手に、ぼんやりと裏庭に立ってそれを眺めていた。

うれしいような、どうでもいいようなおかしな気がする。それでも、明日はやって来るし、そうなれば紅羽は一歳、年を重ね、約束通り、純花の手紙をここで読むことになるだろう。

「純花。明日、ちゃんとここで手紙を読むよ。純花がくれたプレゼント、私、ちゃんと受け取るから」純花がいないのに、純花からのプレゼントを受け取り、純花がいないのに、純花からの手紙の封を切る。そこにどんな未来が書かれていようと、もう果たされないことはわかっているのに。

純花は死んだのだ。だから、紅羽だけが年を取る。これから、いくつも、いくつも。

「純花、私、本当は何もいらないよ」紅羽は唇を震わせ、いつの間にか涙を流していた。「だからもう一度。純花に会いたいよ……純花、純花……」

名前を口に出すたび、苦しさが募り、嗚咽《おえつ》になってしまって言葉にならない。

明日が来るのがうれしくない。紅羽はここまできてもまだ、自分のしていることに実感が持てないでいた。


同じころ、教室では針島薫が教壇に立っていた。

「みなさん、この数日間、お疲れ様でした。みなさんの努力により、椿輝紅羽は私たちを『友だち』だと信じ始めました。あともう少しの我慢です」針島は細く整えられた眉をめいっぱい吊り上げ、にこりと笑った。「それでは、最後にもう一度、私たちの気持ちを確認しましょう。『排除』すべき『悪』はだれ？　レッツ・サーチ・イーヴル！」

針島の掛け声で、皆の携帯電話の画面に、生きているクラスメイトすべての名前がスロットマシーンのリールのようにシャッフルされ始めた。それを見つめながら、生徒たちはそれぞれ、画面に触れる。すると、ドラムロールが流れ始め、『排除』の対象者の名前が浮かび上がる。

「セレクト！　やはり『悪』は椿輝紅羽さんに決定しました」

教室中から、気だるい拍手の音が聞こえる。

針島は満足げに微笑み、明日を待ち遠しく思いながら、短い髪を掻き上げた。

「ガウ〜、やったね銀子！　やっぱりあいつは『透明な娘』だったんだ。これで、食べちゃえるね！」

教室の外、扉に張り付くようにして中の様子を窺《うかが》っていたるるは、お尻を振りながら振り返った。

銀子は小さく頷き「裁きの時が来た」とつぶやいた。

ふたりの目が真っ赤に光り、ゴリゴリと重たい歯ぎしりが廊下に響き始める。

「食べたい！　今すぐあの娘を食べたーい！」

ふたりの声に、「開廷」が叫ばれる。

『断絶のコート』の扉が開くと、ふたりは熊の姿で被告人席に就く。

「それでは、『ユリ裁判』を始めます」ライフ・セクシーが銀子とるるを順番に見る。

「あの娘を食べたい。『透明な嵐』から、紅羽を守るガウガウ！」銀子は早速訴え出た。

「またですか」ライフ・クールは呆れた様子で眼鏡を持ち上げる。

「悪＝椿輝紅羽」

「でも、『スキ』な娘を守りたいって動機は自然じゃない？　キラキラァ」ライフ・ビューティーは両手を持ち上げて見せた。

「それはどうでしょう」クールは冷たく突き放す。「被告グマ、百合城銀子、百合ヶ咲るる。あなた方は『椿輝紅羽を守る』と称して、これまで『透明な嵐』に属する複数の人を捕食してきましたね？」

「はい」るるがおずおずと答える。

「ですが、その行為によって、椿輝紅羽は『透明な嵐』から守られましたか？　いいえ、現実はその逆です。彼女は被告グマたちの行為によって、より孤立していく結果となりました」

一瞬、コートが静まり返る。

「フン、なんてクール」

クールがそう言った途端、ビューティーが思案顔で口をはさんだ。

「でもさぁ、それって結果論じゃん」

「いいえ、この事実こそが被告グマ、百合城銀子の罪、ギルティーなのです！」

「検察官クール。どういうことですか？」セクシーは裁判官机から若干、身を乗り出した。

「百合城銀子、正直に答えてください。あなたの望みは何ですか？　椿輝紅羽を守る？　それは口実に過ぎない。実のところ、あなたは椿輝紅羽を自分ひとりだけの『友だち』にしたいだけなのではありませんか?」

「異議あり!」ビューティーが手を挙げる。「検察は自分のドSな憶測を述べているだけです」

「そうだよ! 銀子はクレちんにもらった『スキ』を返したいだけ、『約束のキス』が欲しいだけなんだよっ!」るるも応戦するが、コンコン、と木槌が打たれる。

「静粛に。異議を却下します。百合城銀子。検察の質問に答えてください」

ビューティーは唇を尖らせた。

クールは得意げに眼鏡を光らせる。

「そう。私は、紅羽を独り占めにしたい」銀子はぼそりと答えた。

「銀子?」

「私はもう一度、紅羽と『友だち』になりたい。紅羽の『スキ』がほしい。そのために『壁』も越えた、るるも巻き込んだ」

「違うよ! るるは、るるがそうしたくて……」

「それでも私は『スキ』をあきらめない。『スキ』のためならなんだってする」

ライフ・セクシーは片方の眉をくいと上げ、銀子が苦しそうに訴えるのを見ていた。

「なんだってする。もう、引き返せない。私は大きな罪を犯した」

再び、コートが静まり返った。

「銀子？　大きな罪って……？」るるは不安げに、すぐ隣の銀子に尋ねる。

「それは……」

「あああーっ！」ビューティーが遮るように叫び、両脚をばたつかせた。「それ以上言わなくていいから！　ねっ！」

「裁判長。たった今、罪の告白がありました。今すぐ、被告グマに有罪、ギルティーの判決を！」クールがひときわ大きな声で言い、ライフ・セクシーを見つめる。

セクシーは結った髪が肩から下がるのを払いのけ、じっと目を閉じた。コートにいる全員が、その判決を待つ。

「百合城銀子、あなたの『スキ』は本物ですか？」

「本物だ」銀子はすかさず答えた。

「たとえそれが、独りよがりの『スキ』だとしても。その傲慢が、あなたを破滅させたとしても？」

「かまわない。私は罪グマだ」

「なるほど。わかりました。それがセクシー、シャバダドゥ」

「ええっ!?　どうして！」クールは仰天して地団太を踏んだ。

「キラキラァ！」弁護人であるビューティーは、覆ったとみられる判決に両手を天に掲げる。

「被告グマ。あなたは透明になりますか？　それとも、人間食べますか？」セクシーが問う。

「人間」銀子が答える。

「あっ、食べます、食べます！」呆気にとられていたるるは、慌てて銀子に続き、答えた。

「それでは判決を言い渡します」ライフ・セクシーは木槌をドンと打った。「ユリ、承認！」

「ユリぃ――――しょおおおにいいいいいいん！」

ふたりは晴れて裁判を終えた。唖然とするライフ・クールを残して。


夜の学園。針島薫は何者かの呼び出しに応じ、暗い学園内を歩いて、待ち合わせ場所であるチャペルの裏へたどり着いた。

「こんな時間に、用って何？」明日は忙しいのに、と針島は思った。何せ、椿輝紅羽の誕生日なのだ。

向かいに並んで立っていたのは銀子とるるだった。

「ガウウ～、クレちんはねえ、銀子とるるが『友だち』になるの」るるはおもむろに言った。

「は？　何を言ってるの？」針島は腕組みし、軽く息をついた。

「きみの思い通りにはさせない」銀子が大きく一歩、針島に歩み寄る。

「要するにぃ、消えちゃえってこと！」

銀子とるるの瞳がにわかに赤く光りだす。

「な、何なの、あなたたち……ももも、もしかして」針島は大袈裟に驚き、後ずさってチャペルの壁にぶつかった。

「ガウ〜、私たちは熊」るるがゴリゴリと歯を鳴らす。

「きみを食べるよ、ガウガウ」銀子とるるは静かに、校舎の中を逃げる針島を追いつめた。

「い、いやよっ！　だれかっ！」針島は尻餅をつきながらも、逃げようともがいた。

銀子がまず、彼女のうるさい声を止めるため、首根っこを噛もうと前に出た瞬間だった。

土の中から大きな虎《とら》ばさみが現れ、銀子の身体のちょうど真ん中を勢いよく貫き、挟んだ。

「ぎゃあああああっ！」銀子は大きな悲鳴を上げ、身をよじった。

「銀子！」

愕然《がくぜん》とし、恐怖に震えるるるの向かいで、針島は白い制服のスカートを土で汚しながら笑い転げた。

「呼び出されたときに仕込んでおいたのよ！　熊を駆除したわ！　あなたたちの正体はもうバレてるのよ！」

銀子は激しい痛みに耐えながら、針島の止まない笑い声を聞いていた。

「紅羽」こんな失敗で、紅羽を助けられないなどということは、あってはならないのに。

虎ばさみをどうにかしようと、真っ青な顔をして、両手でぐいぐいと引っ張っているるが見える。

銀子は静かに目を閉じ、意識を失った。

6

純花は紅羽に何を伝えたかったのだろうか。

誕生日前夜だと言うのに、紅羽は自室のベッドに座り、難しい顔をして純花からの手紙を見つめていた。明日には開封し、その中身を読むことができる手紙。それが待ち遠しいというより、どこかそわそわと落ち着かず、緊張するような気がしている。

純花はいつの間に、どんな気持ちでこの手紙を書いたのだろうか。


まだ、生きていたころ。純花はある放課後、教室でひとり、紅羽あての手紙を書こうとしていた。いつも使っているペンを持ち、選び抜いたカードにいざ、書き始めようとするが、いったい、大事な紅羽とのことについて、何から書けばいいのかわからず、ため息をついてしまう。

「むずかしいな」

窓の外はまだ、午後ののんびりとした日差しで明るく光っている。ふと、チャペルの鐘が時間を知らせた。

「そうだ」純花はそれを聞いて、やっと、書きだしを決めた。

『紅羽ちゃん、私ね、紅羽ちゃんと初めて会った日のこと、忘れないよ』

入学式の直後、小雨が降っていた。舞い散った桜の花びらがみっしりと地面に張り付いた中を、傘を差した純花は髪に留めていたピンを探して歩き回っていた。

「今日のためにって、せっかくおばあちゃんがくれたのに」顔の両側の髪をまとめていたものが、ひとつなくなって、片側の髪が乱れている。あまりにきょろきょろと地べたを見回す純花を、ほかの生徒は不思議そうに、或いは冷たい目で見るか、興味すら持たず通り過ぎるだけだった。

「見つけたわ」傘の向こうから聞こえた明朗な声に、純花は「え？」と顔を上げた。

「これでしょう？」差し出された大人びた手のひらの上。真っ白なハンカチの上に、純花の失くした星のモチーフのついたピンが置かれていた。

「あっ」礼を言おうと相手を見ると、美しい、髪の長い生徒だった。手も制服も、泥で汚れてしまっている。「ありがとう」純花はそうっと、ピンに指先を重ねた。

『あのとき、本当に、とってもうれしかったんだよ』

だから、紅羽が母親の作った花壇をもう一度、花でいっぱいにしたいと言ったとき、心から手伝おうと思った。

嵐の夜、黄色い雨合羽を着て、純花は吹きすさぶ風に何度も足を取られながら、懸命に花壇まで行った。全身がびしょ濡《ぬ》れで、合羽は泥だらけだった。それでも、紅羽の大切なものを守りたかったのだ。

青い防水シートは大きく、たっぷりと風を含んでしまい、何度も翻った。紅羽が来て、一緒になってそれをおさえてくれたとき、純花はこころからやはり微笑んだ。

ひとりでも、やり遂げるつもりだった。でも、紅羽も同じ思いを持っていたことがうれしかったのだ。きっと紅羽となら、同じほうを見て、同じくらい、同じものを愛して、心から信じ合える『友だち』になっていける。そう確信したのだ。

『私たち、本当にびしょ濡れになっちゃったよね。怖かったけど、楽しかった』

紅羽の家の暖炉の中で燃える炎は、何よりも温かく、紅羽と純花を毛布ごと包んだ。ふたりでくっついて暖炉の前に座って、素肌が触れ合うとドキドキした。

『あったかい大きな毛布をふたりでかぶって、すごく近くに紅羽ちゃんを感じた』

激しい雨と風が窓を叩く音は恐ろしかったけれど、ふたりで乾いた温かい部屋にいれば怖くなかった。頬を赤くして笑い合えれば、とても安心できた。

『あのとき、この世界にはふたりだけ、そんな気がしたの。とってもしあわせだった。あの日のことは何もかも覚えてる。きっと、私がおばあさんになっても忘れないよ』

ここまで書くと、純花はペンを持つ手を止めた。息をつき、窓の外を見ると、陽《ひ》が暮れて夕焼けが教室に差し込んでいた。

「忘れないよ」純花は声に出してもう一度、決意するようにつぶやいた。


あの夜は、そのまま紅羽の家に泊まることになった。風呂と暖炉ですっかり温まった身体に、乾いた紅羽のパジャマを着て、ふたりは夜遅くまで、暖炉の火の見守るリビングでおしゃべりをした。

「『月の娘と森の娘』。これを、お母さんが？」素朴ながら繊細な手描きの絵本。

「うん、母は絵本作家だったの。これが最期の作品。出版はされなかったから、この絵本は世界に一冊。これだけなんだ」

「読んでいいの？」純花の手の中にある、紅羽の母の残したもの。それをふたりで、こんな夜中に見ていることが、純花にはとても不思議で、特別なことのように思えた。

「もちろん」紅羽はすっと手を伸ばし、ページをめくった。


『月の娘と森の娘』

昔、世界は『空』によってふたつに分けられていました。片方は月の世界、もう片方は森の世界です。月の世界には美しい光と影が、森の世界には柔らかな緑と風が満ちていました。

ある日のこと、月の娘は、お母さんの大切なペンダントを、森の世界につながる空に落としてしまいました。ペンダントは小さな流れ星となって、森の世界に落ちて行きました。

月の娘は大慌てで、空を見下ろし、手を伸ばしますが届きません。

「お母さんのペンダントは、森の世界に行きたかったのかしら。それならきっと、空の向こうには素晴らしい世界があるに違いないわ」

月の娘は感じたことのない温かな木々のざわめきを想像しました。

ペンダントは、森の娘の元へ落ちました。

流れ星に願い事をしていた森の娘は、星の正体がペンダントだと知って驚きました。

「流れ星は、月の世界で作られるのね。それならきっと、空の向こうには素晴らしい世界があるに違いないわ」

森の娘は、月の世界の神秘的な静けさや輝く景色を想像しました。

それからというもの、月の娘も、森の娘も、互いの世界のことばかり考えて、来る日も来る日も、空を見下ろして上の空でした。そして、ふたりはついに、空を司る神様、クマリア様にお願いをすることにしたのです。

月の娘は祈りました。

「クマリア様、私はどうしても、空の向こうの森の世界へ行って、お母さんの大切なペンダントを見つけたいのです」

森の娘も祈りました。

「クマリア様、私はどうしても、空の向こうの月の世界へ行って、この流れ星を作った人に会いたいのです」

クマリア様は答えました。

「いけません。ふたつの世界は断絶されているのです。それを越えようとするのは傲慢《ごうまん》。傲慢は大きな罪ですよ」

それでも、ふたりの娘たちは、祈り続けました。

「それでも、それでも、私は空の向こうへ行きたいのです」

仕方なく、クマリア様は言いました。

「それならば、たったひとつだけ、願いを叶える方法を教えましょう。大きな空の真ん中に、小さなドアがあります。それは、友だちの扉。もしもあなたの『スキ』が本物ならば、友だちの扉の向こうに、本当の『友だち』が待っています。その娘に『約束のキス』をお与えなさい。そうすれば、必ず願いは叶うでしょう」

クマリア様は優しく微笑み、ふたりの娘たちに聞きました。

「あなたの『スキ』は、本物？」

クマリア様は大きな手で、娘たちのために、世界を結ぶ長い梯子《はしご》をそうっとかけてやりました。梯子は目には見えず、しかし、いつも虹色《にじいろ》に煌《きら》めいて、娘たちにその存在を知らせました。喜びいさんで、月の娘は梯子を下り、森の娘は梯子を上り始めました。そして、とうとうふたりが空の真ん中までやって来ると、そこにはドアノブはなく、一枚の大きな鏡が、立ちはだかっていました。

鏡には、自分自身の姿が映し出されています。月の娘は、自慢の長い髪を見て微笑みました。森の娘は、しっかり者の瞳を見て、照れくさそうです。

クマリア様は言いました。

「それが友だちの扉です。その向こうに、あなたの本当の『友だち』が待っているでしょう。鏡に映る己が身を、千に引き裂き、万に砕けば、『友だち』に『約束のキス』を与えることができるでしょう。ただし、自分を引き裂き、砕いてしまえば、あなたは命を失うかもしれません。さあ、最後にもう一度だけ、聞きましょう。あなたの『スキ』は、本物？」

娘たちは、それぞれ、鏡の中の自分を見つめました。

澪愛の遺作の絵本は、ここで唐突に終わっていた。

「ここで終わり？」純花は不思議そうに顔を上げた。

「終わってないけど、ここまでなの。書き終える前に、母は熊に殺されて死んじゃったから、物語は未完のまま」

「そう」純花は悪いことを聞いたと思った。この二階建ての立派な家に、紅羽がなぜひとりなのか、不思議に思っていなかったわけではないのに。

しばしの沈黙に、暖炉の火がぱちぱちと爆《は》ぜる音だけが小気味良く聞こえてくる。白い肌に直接、赤い炎がうつるあたりが、少し熱くてちりちりする。

「ねえ、もし純花ならどうする？」

「ん？」思いも寄らぬ質問に、純花はきょとんとした。

「物語の最後。命を賭《か》けて鏡を割る？」紅羽は意志的に微笑んでいた。

「わからないな、でも……」純花が考え込むより早く、紅羽は「私は割るわ」と答えた。

紅羽は暗い部屋で、まるで星のように目を光らせて、真《ま》っ直《す》ぐに純花を見ていた。

「昔は怖かった。昨日まではきっと、引き返すって答えた。でも今ならわかる。私は自分を撃つわ。撃って、私の『スキ』が本物だって証明してみせる」紅羽は、床に置いていた手をすっと滑らせ、純花の裸足《はだし》の足の指を触った。ごく小さな小指と薬指。柔らかな中指。

純花は紅羽の強さに心を打たれ、それから、強い愛情を感じた。そして、たとえどんなことがあっても、自分も『スキ』をあきらめまいと、固く誓ったのだった。

あの『排除の儀』が行われたとき、純花はもう、心に決めていた。

「それでは、次に『排除』する『悪』を決めましょう。レッツ・サーチ・イーヴル！」

実際、クラス中がこの時点で排除の対象が誰なのか、透明でない娘が誰なのか把握している。

この儀式は、皆を共犯にするため、団結させるために行われる茶番に過ぎないのだ。

純花は表情をこわばらせ、ドキドキしながら自分の携帯電話の画面を見た。次々と流れていくクラスメイトの名前。少しだけ躊躇《ためら》ったが、純花は画面をタップした。

「みなさん、大変残念なお知らせがあります。私たちの中に裏切り者がいます」

教室中がざわめく。

「次の『悪』は椿輝紅羽に確定するはずでした。ですが、その前に、私たちは裏切り者を『排除』しなければなりません。ね、そうですよね、泉乃純花さん」

純花は甘んじて、黙っていた。純花の携帯の画面に表示されていたのは、自らの、『泉乃純花』の名前だった。

純花は紅羽を守るために、自分から望んで、『嵐』の中に飛び込んだのだ。

手紙を書き終えると、純花は丁寧に封筒を糊《のり》付けして、一枚、花のシールを貼った。封筒の表には『Ｈａｐｐｙ　Ｂｉｒｔｈｄａｙ　紅羽ちゃん』と几帳面そうな小さな字で書いてある。

あの嵐の夜、紅羽の母の絵本を読んだ夜は、純花は『スキ』を証明できれば、傷ついても、心を砕かれても平気だと思った。しかし、それだけでは足りなかったのだ。『透明な嵐』が壊すのは純花の心だけではない。純花の一番、大切なもの。紅羽なのだ。

純花は、いつか紅羽が拾ってくれたピンに触れた。

純花は封筒を手に、夕暮れの中、花壇の前で待ち合わせた針島薫に会いに裏庭に向かった。

「手紙、書いてくれたのね」針島は腰に手を当て、ぼんやりと花壇を見渡していた。

「針島さん……」

「ありがとう。じゃあ、その手紙は私から椿輝さんに渡しておくから」針島は笑顔でそう言い、手を伸ばしたが、純花は手紙を渡そうとはしなかった。

「どうしたの？」針島は心の中でめんどうくさいと舌打ちをした。

「そのことだけど……少し、待ってもらえないかな」純花は消え入りそうな声で伝えた。「あと少し。あと、少しでいいから」

「だけど、このままじゃ、わかってるでしょ？　もうあの娘たち、椿輝さんまで『悪』に決めようって。ふたりでも問題ないでしょって。彼女が『透明な嵐』に巻き込まれるのも時間の問題よ」針島は急《せ》かすように言った。しかし、あまりに無理強《じ》いをして手紙をもらえなかったら困る。

「わかってる。でも……」純花はちらりと花壇を見て、下を向いた。「この花が咲いて、ここで紅羽ちゃんのお誕生日をお祝いしてあげるまで待ってほしいの。お願い」

純花の言い方はあくまで遠慮がちだったが、その声は頑《かたく》なだった。

針島は小さく息をつき、仕方ないと言った様子で首を振った。

「わかったわ。だけど忘れないで。私が椿輝さんの新しい『友だち』になる。そうすれば『嵐』は椿輝さんを避けていく」

「うん」

「私に『嵐』を止めることはできない。だけど、新しい『友だち』として椿輝さんを守ることならできる」

「そうだよね。いつまでも私と『友だち』でいたら、紅羽ちゃん、『透明な嵐』に壊されちゃうよね」

「そう。あなたにはつらい選択を強いることになるけど、椿輝さんを守るにはこれしか方法がないの」針島はめいっぱい気の毒そうな声で言った。「だから、やっぱりその手紙は、私が椿輝さんに渡すわ」

「ううん」純花は遮るように首を振った。「これは私が紅羽ちゃんにあげられる最後の『スキ』だから。ちゃんと、自分で届けるよ」

「そう」針島は内心、苛立《いらだ》ちながら、小さな純花の頭頂部をひっそりと睨みつけた。

「ありがとう、針島さん」純花が顔を上げ、針島に笑顔を向けたので、彼女も慌てて薄ら笑いを浮かべる。

「気が変わったら言ってね」針島はそう言い残すと、純花の元を去って行った。

この手紙が、純花から紅羽への最後のプレゼントになる。

夕暮れの中、ひとりで花壇を見つめながら、純花はつぶやいた。

「私ね、今ならわかるよ、本物の『スキ』がどんなものか。紅羽ちゃん、私は鏡を割るよ。たとえ、その向こうに、紅羽ちゃんがいなくても……」純花は、涙を流すのを堪《こら》え、橙《だいだい》に光る夕陽を見上げた。「私は、私の『スキ』をあきらめないよ」


針島薫は悔しさに歯を食いしばり、まだ違和感の残る目元を擦《こす》っていた。巨大な虎ばさみで仕留めたはずの獲物、百合城銀子だったが、百合ヶ咲るるが謎の球体を取り出して地面に叩きつけ、文字通り、針島をけむに巻き、目をくらませて銀子とともに姿を消したからだ。

「百合城銀子、百合ヶ咲るる。両名が熊だということを教えていただき、あらかじめ罠を仕掛けておいて正解でした。しかし、『ベアー・フラッシュ』だなんて、熊の分際であんな技を繰り出すとは。申し訳ありません」針島は床に膝をつき、こうべを垂れた。

薄暗い部屋のカーテンの向こう。針島がかしずいているその人物はちらりとその影を動かした。

「はい、例の計画は滞りなく進んでいます。泉乃純花の死は予定外でしたが、それを利用されるとは、さすがです。いよいよ、椿輝紅羽の誕生日。存分にお楽しみください」

『透明な嵐』と透明でない娘が、今日、ぶつかり合うことになる。

一方、るるは傷ついた銀子を連れ、学園の敷地内、木々が生い茂る中にひっそりと建っている古い東屋に身を隠していた。

るるは古い毛布に銀子を寝かせ、その服をすっかり脱がせると、水ですべての傷口を洗い、上半身全体に丁寧に包帯を巻いた。

「ガウ〜、銀子ぉ……」涙目になりながら様子を見るが、包帯にはすぐに血が滲《にじ》んでしまう。

銀子は意識を失いながらも、痛みにうなされ、額《ひたい》に汗を掻いている。

「銀子、しっかり」その汗を何度も拭ううちに、外から小鳥の声が聞こえ、朝の光が壁の隙間《すきま》から差し込んでくる。

るるは夜が明けたことを知り、とうとう泣きべそをかき始めた。

「ガウぐすっ。どうしよう。お願い、銀子、助かって……」

しかし、銀子も咄嗟《とっさ》に考えたはずだけれど、針島薫はどうして銀子とるるの正体が熊であることを知っていたのだろうか。それを知る少女たちのほぼ全員が、これまでは銀子とるるの胃袋に収まってきたはずなのだ。

銀子の手は宙をさまよい、やがて、自らの胸元に下がっている星のペンダントへ向かった。指先で大きな星に触れながら、銀子は苦しげに息を詰まらせ、また息をしてを繰り返した。

るるはもう、見守ることしかできずにいた。


朝の執務室は、ひとりでいるには眩《まぶ》しすぎる。

ユリーカは日に日に直されていった窓の下の百合花壇を見下ろしていた。今日はもう、白い花が満開になっている。

「澪愛、私たちの花壇にまた春がやってきたわ」ユリーカは自分と澪愛の学生時代に思いを馳《は》せた。下ろした髪を弾ませ、いつも澪愛と一緒にいたユリーカ。澪愛は紅羽より柔和な微笑みを浮かべ、首からは星のペンダントを提げていた。

「あなたの娘は今日、十七歳になる。思い出すわ。私があなたに『スキ』を誓ったあの日」ユリーカは窓ガラス越しに花壇に触れた。白い百合の花は、指先では数えきれない。「ねえ、澪愛。あの娘は誕生日のプレゼントに、『友だち』から何を受け取るのかしらね」

いつも通り結い上げた髪の襟足を撫でるように整えながら、ユリーカは窓辺から離れた。

紅羽は、目が覚めるとすぐ、見慣れた白い天井をじっと見て、今日が日曜日で自身の誕生日であることを思った。純花の手紙の封を開ける、大切な日。自分にとって、自分が、正しく、寛大であるべき日。

紅羽はまず、寝間着のままベッドから出ると、カーテンを開けて朝の光を部屋に招き入れた。それから、台所で手早く三人分の朝食をこしらえると、銀子とるるが眠っているであろう屋根裏部屋へ向かった。

「あれ?」しかし、屋根裏部屋には誰もいなかった。紅羽はため息をついた。先日、るるに、「私にかまわないで」と強く言ってしまったことが思い出される。だから、出て行ったのだろうか。

「今日こそ、謝ろうと思ったのに」バターのたっぷり入ったオムレツに、サラダに、焦げ目のついたウインナー。大好きなジャムとクロワッサン。三皿の並ぶテーブルにつき、仕方なくひとり分のカフェオレを淹《い》れる。「どこ、行っちゃったのかな……」

家がないのだと話していたのに、行くあてがあるのだろうか。

朝食を終えると、オルゴールを開き、『アヴェ・マリア』を聴きながら身支度を整える。長い髪を梳《と》かし、日曜日だけれど学園内に入るので制服を身に着け、鏡を見ながら帽子をかぶる。

枕元に置いてあった純花からの手紙をじっと見つめ、その笑顔を思い出して、銀子とるるがいなくなってしまったことから、気を取り直すように微笑んでみる。

「純花。純花のプレゼント、私、ちゃんと受け取るからね」紅羽はオルゴールの蓋を閉め、手紙を上着のポケットに入れて部屋を出た。

「お誕生日おめでとう、椿輝さん」チャペルで待ち合わせをした針島は、紅羽より早くやってくる紅羽に手を振った。

「ありがとう。おはよう、針島さん」椿輝は素直に礼を言い、微笑んだ。

「晴れて良かったわ」針島は、真っ青な空を見上げた。「ねえ、椿輝さん、入学式の日のことって、覚えてる？」

「入学式？」少し唐突な話題に戸惑い、紅羽は首を傾《かし》げた。

「私は覚えてる。今日とは違って、あの日は暗くて、雨だった」

言われてみればそうだったと、紅羽は思い返した。

「桜を散らす冷たい雨に打たれて、女の子がひとり、ここで探し物をしてた。泉乃さんだった」

そういえば、そうだったかもしれない。紅羽は思い至ったが、口には出さなかった。

「誰も手伝わなかった。それもそうよね、探してるのは安っぽい飾りのヘアピンひとつ」針島は視線を空から紅羽に移した。「でも、あなたは違った。おろしたての制服が汚れるのもかまわず、泉乃さんのピンを見つけてあげた」

「大したことじゃないわ」紅羽は針島の鋭い視線に耐え切れず下を向いた。

「そうかしら？」

「ええ。でも、あの日、ここで純花がピンを探していなかったら、私たちはお互いを見つけられなかったかもしれない。私たちは、『友だち』になっていなかったかもしれない」

短い沈黙のあと、針島は笑みを浮かべて言った。

「そんなことないわ。だって、あなたと泉乃さんはよく似ているもの」針島はすぐに悲しげな顔をして見せる。「あんな事さえなければ、きっとどんな『嵐』の中でも、あなたたちは『友だち』であり続けたはずよ」

「針島さん……」紅羽は素直にうれしく感じた。今日は誕生日で、『透明な嵐』がなく、晴れていること。これから、純花からのプレゼントを受け取れること。それを、針島たちが手助けしてくれること。

　のんびりと花壇に向かって歩き出しながら、針島はほくそ笑んだ。

「ねえ椿輝さん。どうしてあなたは絶望しないの？　世界はこんなに残酷なのに、奪われても、失っても、どうして『透明』にならないの？」

「それは……たぶん、『スキ』を忘れないから」

「『スキ』を忘れない？」針島は、思わず冷えた声を出した自分を戒めた。今はまだ、償いの仮面をかぶっていなければならない。

「ええ、『スキ』を忘れなければ、いつだってひとりじゃない。『スキ』をあきらめなければ、何かを失っても『透明』にはならない」

　ずいぶんと美しいことを言ってくれると、針島は奇妙に感心しながら目を細めた。

「わかった。だからあなたはそんなに強いのね」

「強くなんかないわ。だけど、純花が私に『スキ』をくれたから」紅羽は純花から受け取った手紙を取り出した。

「それは？」針島は目ざとく尋ねた。

「純花からの手紙、少し前に渡されたの。今日、私の誕生日にあの花壇で読んでほしいって」

　あの時の手紙か、とは無論、口には出さず、針島は「ふうん」と答えた。

「そう、だから泉乃さん、あんなに花壇のことを気にしてたのね」

針島は自分の心の奥底に、嫉妬《しっと》に似た気持ちが湧いてくるのを感じていた。椿輝紅羽のように、きれいごとを言って特別な娘ぶることや、泉乃純花のように、弱いくせに意地を張って潰される娘を馬鹿にしているはずなのに、何か、自分には到底、理解し得ないものが、そこにあるような気がする。そんなもの、別に欲しくはないのに。

「椿輝さん。私たちに過ちを償うチャンスをくれてありがとう」針島はもう、棒読みにならないよう、必死だった。「お誕生会、楽しみね」

「うん。ありがとう」気恥ずかしそうに笑う紅羽。

「いいえ、お礼なんかいらないわ」それはそうだ。今から、紅羽の『スキ』は、身を潜めていた『透明な嵐』に破壊される予定なのだから。

『スキ』を忘れない椿輝紅羽は、『悪』なのだ。『私たち』は、互いに奪い、失い、そして『透明』になる。それができない『悪』は力ずくでも手折って、『排除』するのみだ。

銀子は「紅羽っ！」と叫んで目を覚ました。覚えのある東屋。古びた毛布。体中に包帯が巻いてあり、血が滲んでいる。

「銀子っ！」すぐに寝床の横にいたるるが飛びついてきた。「ガウウ〜、銀子が生きてたぁ、良かった～！」

「い、いたたたた」大事なネックレスもちゃんとあるし、痛みも大分、治まっている。

「るる、銀子があのままお陀仏《だぶつ》しちゃったらどうしようかと思ってたんだよぉ～！　るる、がんばったんだから！　ベアー・フラッシュで針島の目をつぶして～、銀子を罠《わな》から外して～、ここまで担いで～、夜も寝ずに……」

「今日は紅羽の誕生日だ」銀子はるるの頭を撫でながら言った。

「え？」るるは泣き止み、きょとんと銀子の顔を見た。

「だから、今日は紅羽の誕生日」

不意に、銀子の携帯電話の着信音が聞こえた。

銀子は硬い表情で着信ボタンを押し、携帯を耳に当てる。

「はい」

「あなたの『スキ』は本物？」

銀子のつながった携帯電話の受話口にそうささやいたのは、ライフ・セクシーだった。高い高い断絶の壁の上に脚を組んで座り、セクシーは「これは『断絶の壁』からの挑戦です。百合城銀子、あなたの『スキ』が本物ならば、百合の花壇へ行くがいい。月の娘が、あなたを待っている」

セクシーの両脇には、ライフ・クールとライフ・ビューティーが控え、望遠鏡を覗いたり、スナック菓子をかじったりしていた。

「月の娘？」銀子は眉根を寄せた。

「彼女にその身を委ねれば、あなたの『スキ』は承認される」ビューティーは菓子の袋をクールに押し付けながら言った。

「月の娘っていうのは、紅羽のことなのか？」銀子は尋ねた。

セクシーは答えずに電話を切った。

「さて、『約束のキス』は果たされるのか。それとも……それがセクシー、シャバダドゥ……」


百合花壇は満開で、周囲のレンガや木々には、あらゆる飾りつけが施されていた。モールに花飾り、『Ｈａｐｐｙ　Ｂ·ｉｒｔｈｄａｙ　椿輝さん』と書かれた垂れ幕。紅羽を連れてくる役目であった針島薫をはじめ、クラスメイトたちは皆、小さな燭台に白い蠟燭《ろうそく》を立て、火をつけて立っていた。

花壇全体、裏庭全体が、バースデーケーキのように美しく、いつかのチャペルでの礼拝のように神々しく、静かだ。

紅羽は純花からの手紙を手に、あまりの景色に息をのんだ。

「お誕生日おめでとう、椿輝さん」針島が言うと、クラスメイトたちがそれに続き、口々に「おめでとう！」と微笑む。

「ありがとう」紅羽はあまりのうれしさに心を震わせ、涙を流しそうだった。もしも純花が生きていたら、どんなにかこの光景を喜んでくれただろうか。

「さあ、約束よ。泉乃さんからの手紙、読んでみて」針島はうっとりと言った。

「うん」紅羽は純花の手紙の封をそろり、そろりと開き、純花らしい、淡い黄色に上品な花柄のバースデーカードを取り出した。

「紅羽ちゃん。今、目の前にいる娘が、あなたの新しい友だちです」紅羽は文面そのままを読み上げたが、すぐには意味が汲《く》み取れず、呆然としてしまった。目の前、新しい『友だち』。それは、クラスメイトたちのことだろうか。

「どういうこと？」

「書いてある通りよ。それは泉乃純花からあなたへの『別れの手紙』」針島はいっそう微笑んだ。「自分以外の新しい『友だち』。それが、泉乃純花があなたに用意した最後のプレゼントってこと」

「純花以外の『友だち』？」紅羽は純花の真意がわからず、混乱した。

「だけどね、私たちはあなたの『友だち』にはならない。つまり、あなたたちふたりは騙されたのよ。泉乃さんも、あなたも」

「騙す？」紅羽はにわかに恐ろしくなり、後ずさったが、どこを見ても蠟燭の炎が、まるで子《こ》兎《うさぎ》を取り囲むように紅羽を逃がしてはくれない。

「ええ、そう。だって、泉乃純花に手紙を書かせたのは私だもの。簡単だったわ、泉乃さんといると椿輝さんまで『嵐』に巻き込まれると脅したら、すぐに書いてきた」

「どうしてそんなこと」

「あなたが空気を読めないからじゃない！」針島は紅羽を睨み、大きな声で言った。まるで威嚇だった。「ぜんぶあなたのせいよ。あなたが泉乃純花の『友だち』をさっさとやめていれば、そんな手紙は必要なかった。あなたが『スキ』をあきらめなかったせいで、泉乃純花は苦しんだのよ」

純花も、『スキ』をあきらめないと言っていた、いつも、笑っていた、顎までのくせっ毛。健気な笑み。彼女が本当に、そのせいで苦しんでいたというのか。

「言ったでしょう。『空気を読めない』ことは『悪』だって」針島は声音《こわね》を変え、親切そうにゆっくりと説明した。「泉乃純花は私たちがあなたの新しい『友だち』になると信じて死んだ。馬鹿な娘よねぇ、そんなんだから熊に食われちゃうのよ」

紅羽は蒼白《そうはく》になり、絶句した。『透明な嵐』は、死人が出てもなお、『排除』することをやめないのか。

「おかげで予定が狂ったけど、その手紙はこうしてちゃあんと、『空気を読めない本当の悪』を懲らしめる道具になった」

「やめて」紅羽は口の中でもごもごとそうつぶやくのが精いっぱいだった。

「お誕生日おめでとう、椿輝紅羽さん。これは、私たちからのプレゼント」

針島は右手に持っていた蠟燭の小さな炎を、百合の花にかざした。

「おめでとう」「おめでとう」ほかの生徒たちも、次々に手に持ったろうそくの火を花壇に向けていく。すぐに、花々は燃え盛り、灰になっていった。昼過ぎの陽が傾きかけ、大きな炎に照らされたクラスメイトたちの冷たい目が、一斉に紅羽に注がれている。

「私たちは『悪』を『排除』する」

「『排除』する！」生徒たちは針島に続き、まるで祈りの言葉のように繰り返した。

「『悪』に『友だち』はできない」

「できない！」大勢の声が炎に飲み込まれていく。

「『悪』は、『透明な嵐』によって、粉々に打ち砕かれる」

「打ち砕かれる！」

紅羽は目を見開き、もはや茫然《ぼうぜん》自失《じしつ》だった。目の前に広がる炎が、本当に、すべてを焼き尽くすかのような錯覚すら覚えるほどだ。

「はい、みなさん、ご苦労様でした。椿輝紅羽が今、ぽっきり、折れました」

生徒たちは蠟燭の炎を吹き消すとその場に放り、盛大に拍手をした。

針島は静かに、突っ立っている紅羽に近づくと、その耳元で「あなたに新しい『友だち』はできない」と告げた。

「あなたは泉乃純花の最後のプレゼントを受け取ることはできないの。残念ね。『スキ』なんて気持ちは無力で無意味」

針島は紅羽の手から純花のバースデーカードを奪い取ると、火にくべようとした。

我に返った紅羽は「やめて！　それは純花が、私にくれた『スキ』っ！」

「もう用済みよ、こんなもの」針島の手から風に乗るように、カードは炎の中に落ちた。

その瞬間だった。ものすごい速さで物陰から飛び出してきた何者かが、炎に突っ込んでいった。

「あああああー!!」叫びながら炎に足を踏み入れ、純花のカードに手を伸ばしたのは銀子だった。

その髪や服、皮膚が、あっという間に焼け焦げていく。

「なんてことっ！　無駄よ。み、みなさん、宴《うたげ》は終わりよ、帰りましょう！」針島は銀子が生きていたことに怒りを覚えながらも、紅羽を嫌みったらしく一瞥すると、クラスメイトたちを引き連れてその場を去って行った。

「百合城さん……」紅羽は何とかしなければと前のめりになるが、どうすることもできない。

「うあああ！」銀子は炎の中、カードを摑む。「私は、『スキ』をあきらめない！」

「ガウ～、銀子～っ！」銀子を追ってきたるるが、その場にへたり込む。

「百合城さん！」

銀子は手紙をしっかりと握り、ボロボロの姿で花壇から出てくるなり、倒れ込んだ。それを、るるが慌てて抱き留める。

「銀子の馬鹿！　馬鹿！　今度こそ本当に死んじゃったらどうするのよぉ～！」

「百合城さん、どうしてこんなこと」

銀子は既に気を失っていた。しかし、純花からのカードだけは、しっかりとその手に握っている。

「銀子が、クレちんを『スキ』だからだよ！」るるはいたたまれない表情で紅羽を見た。

「『スキ』？　私を？」

「そうだよ！　銀子はクレちんが『大スキ』なんだよ、だから……」るるは泣きながら、銀子の爛《ただ》れた手から黒焦げのカードを抜き取り、紅羽に差し出した。「銀子の『スキ』を無駄にしないで」

紅羽は今一度、純花からのカードの文面を見つめた。

「紅羽ちゃん。今、目の前にいる娘が、あなたの新しい友だちです」

これは、きっと間違いではなかったのだ。針島たちに騙されてしまったのではない。こうなることが、純花にはわかっていたのかもしれない。

紅羽は、目の前のるると、火傷《やけど》を負い、意識のない銀子を見つめた。

「私の、『友だち』……」


純花の死んだ日。彼女は誰よりも早く、荒らされた花壇に到着して、少しだけ、時間を持て余していた。

「早く元に戻して、紅羽ちゃんのお誕生日までにお花でいっぱいにしなきゃ」純花は花壇の前でかがみこみ、土の様子を見た。掘り返されただけだとは思うけれど、とにかくぐちゃぐちゃだ。一生懸命、やらなければ。

「おはよう、泉乃さん」

明るい声に振り向くと、百合園蜜子が立っていた。

「おはよう、あ……」純花の顔は恐怖で凍りついた。

そこには蜜子ではなく熊がおり、叫び声を上げる間もなく、純花にとびかかってきたのだ。

「良い朝ね。私、お腹がペコペコなのよ」純花に覆いかぶさった蜜子は、熊の姿のまま、そう言った。

「ああ、おいしい。透明じゃない娘を食べるのは久しぶりよ」

ゴリゴリと純花の肉や骨を咀嚼《そしゃく》する音。地面に転がった丸い眼鏡や、茶色いローファー。

そのとき、木陰でそれを見ているものがいた。

目深にかぶった帽子と、桃色の朝焼けが混ざったような短くサラサラの髪。意志の強そうな瞳。細い身体。

あの日、銀子は大きな罪を犯した。だから、彼女は罪グマなのだ。

本作品はアニメ「ユリ熊嵐」の書き下ろしノベライズです。

## 幾原邦彦（いくはら・くにひこ）

アニメーション監督。「美少女戦士セーラームーン」シリーズで話題を集めたのち、1997年に原案・監督をつとめた「少女革命ウテナ」を発表。その後、漫画原作なども行いながら、2011年「輪るピングドラム」を監督。

## 伊神貴世（いかみ・たかよ）

2011年「輪るピングドラム」のシリーズ構成・全シナリオを幾原邦彦監督との共著で担当。デビュー作となる。本作、「ユリ熊嵐」の構成・全シナリオにて、再び幾原監督との共著を担当。

## 高橋 慶（たかはし・けい）

1980年10月15日生まれ、東京都生まれ、東京都在住。2011年「輪るピングドラム」の小説版でデビュー。2013年「暗闇に咲く」を発表。

# ユリ熊《くま》嵐《あらし》　上

2015年1月31日　第1刷発行

著者　幾原邦彦《いくはらくにひこ》
伊神貴世《いかみたかよ》
高橋慶《たかはしけい》

発行人　伊藤嘉彦

発行元　株式会社 幻冬舎コミックス
〒151-0051 東京都渋谷区千駄ヶ谷4-9-7
電話　03(5411)6431［編集］

発売元　株式会社 幻冬舎
〒151-0051 東京都渋谷区千駄ヶ谷4-9-7
電話　03(5411)6222［営業］
振替00120-8-767643

印刷・製本所　中央精版印刷株式会社

検印廃止



ISBN978-4-344-83334-0　C0093　Printed in Japan

幻冬舎コミックスホームページ　http://www.gentosha-comics.net

ユリ熊嵐 関連書籍
LOVE BULLET YURI KUMA ARASHI
大好評発売中!!
バーズコミックス
ユリ熊嵐①
原作：イクニゴマキナコ／作画：森島明子
本体価格 630円＋税
ユリ熊嵐 公式スターティングガイド
「ユリ熊嵐」の世界を最速ナビゲート!!
本体価格 1700円＋税
2015年3月末 発売予定!!
ノベライズ
ユリ熊嵐 下
幾原邦彦・伊神貴世・高橋慶／著
森島明子／カバーイラスト
本体予価 1500円＋税
発行：幻冬舎コミックス／発売：幻冬舎